北京歌谣熟语集释系列

# 北京谚语集释

BEIJING YANYU JISHI

董树人 编著

语文出版社
·北京·

**图书在版编目（CIP）数据**

北京谚语集释 / 董树人编著. -- 北京 : 语文出版社, 2019.2
ISBN 978-7-5187-0859-8

Ⅰ. ①北… Ⅱ. ①董… Ⅲ. ①谚语一汇编一北京 Ⅳ. ①I277.7

中国版本图书馆CIP数据核字(2019)第027442号

---

| | |
|---|---|
| **责任编辑** | 谢　惠 |
| **装帧设计** | 刘姗姗 |
| **出　　版** | 语文出版社 |
| **地　　址** | 北京市东城区朝阳门内南小街51号　100010 |
| **电子信箱** | ywcbsywp@163.com |
| **排　　版** | 北京杰瑞腾达科技发展有限公司 |
| **印刷装订** | 北京市科星印刷有限责任公司 |
| **发　　行** | 语文出版社　新华书店经销 |
| **规　　格** | 890mm × 1240mm |
| **开　　本** | A5 |
| **印　　张** | 8.875 |
| **字　　数** | 207千字 |
| **版　　次** | 2019年2月第1版 |
| **印　　次** | 2019年2月第1次印刷 |
| **印　　数** | 1-2,000 |
| **定　　价** | 45.00元 |

---

010-65253954（咨询） 010-65251033（购书） 010-65250075（印装质量）

# 《北京歌谣熟语集释》总序

我自幼儿生长在涿州。明清时期，涿州属宛平府（所谓卢沟二府）管辖。民国元年（1912），涿州划归河北省，与河北省的一些县份来往逐渐增多，语言上也越来越具河北方言的特点，但从语音、语调、语法及词汇形式上看，涿州方言仍属北京方言片的方言，定而不移。我的祖辈一直作为贩夫在北京周围谋生，活动于大兴、顺义、昌平及北京西郊地区。他们对北京话，特别是对北京西郊诸如八里庄、蓝靛厂、海淀镇、田村一带的生活习惯、风土人情、方言土话等特别熟悉，这也大大影响了我。1964 年，我从南开大学中文系汉语言文学专业语言专门化毕业，被分配到北京外国留学生高等预备学校（北京语言大学前身）工作，从事对外汉语教学与研究，直至年老退休。这期间，工作之余一直做着北京话的研究，特别是在北京方言词汇研究方面兴趣最浓、用力最勤，也取得了些微的成绩。2010 年《新编北京方言词典》由商务印书馆出版后，引起了国内外数十家媒体的关注，受到了广大读者的欢迎，使我受到了巨大鼓舞。我在编写《新编北京方言词典》时积累的资料的基础上再加搜集，编成了此套小书。编写此套小书的目的，与编写《新编北京方言词典》一样，依然是为了保存北京方言资料，为研究北京历史、北京文化的人士提供方便。

本套书共分四个小册子——《北京歌谣集释》《北京谚语集释》《北京惯用语集释》《北京歇后语谜语集释》，内容包括歌谣、谚语、惯用语、歇后语和谜语。为了便于称说，总书名取作《北京歌谣熟语集释》。本套书收录的内容有地域性。任何地域文化都是整个中华民族文化的一部分，任何汉语地域方言或地点方言也都是汉语大家庭中的一员，它们在历史的长河中必然互相影响和交融，北京方言也不例外。北京方言不但从其他方言传入了不少富有表现力的熟语成分，也从古籍中特别是启蒙读物《名贤集》中继承了许多富于人生智慧的谚语、格言。对于从其他地区传入或从古籍中继承来的，北京地区的民众又经常挂在嘴边儿上的熟语成分，像“不到黄河不死心”“人无远虑，必有近忧”“路遥知马力，日久见人心”“良言一句三冬暖，恶语伤人六月寒”等，也酌情收入。考虑到受地域文化、习俗及时代的限制，一些读者可能有阅读和理解上的困难，因此对一些词语（主要是方言词语）作了注释，对绝大多数条目作了简析，有的解释了意思，有的说明了用法，有的交代了产生与使用的环境背景。这部分内容，无论是对其他方言区的读者，还是对一些年轻朋友或是外国朋友，我想都会是有益的。

北京历史悠久，曾经五代为都，文化积淀丰厚。本套书如果能对研究北京历史、文化、习俗的人士，对热爱北京文化的广大读者有些微的帮助，那将是作者最为愉快的事情。

作　者

2015 年 11 月 28 日于北京语言大学

# 关于《北京谚语集释》

什么叫谚语？当我还在大学学习《语言学概论》课时，对老师给出的定义即已背得滚瓜烂熟，考到它时绝不会得低分儿的。但在五十多年后的今天编写《北京谚语集释》时，对什么是谚语的问题却感到难于解答了，像“初一高粱初二谷，初三初四收糜黍；初五六，黄黑豆；初七八，芝麻瓜”“河没头，海没边，牛没上牙狗没肝”“坑人的钱，下水船；老公的钱，一溜烟；庄稼佬儿的钱，万万年”等究竟是谚语还是歌谣，就曾颇费我一番周折，因为有人说它们是谚语，也有人说它们是歌谣。

有的学者说，谚语必须是两段表达式，像“今儿个火烧云，明儿晒死人”“半大小子，吃死老子”“儿不嫌母丑，狗不嫌家贫”才是谚语，像“习惯成自然”“火大没湿柴”“没有不透风的墙”就应该算作俗语，像“旱枣涝梨”“艺不压身”“医不自治”“蒸咸煮淡”“高灯下亮”等就应该算作成语并在成语范围内研究。是不是凡四字语结构都应该作为成语看待呢？这个问题也是应该深入研究探讨的。谚语、俗语、成语究竟应该从结构上分，还是应该从表现内容的特点来分，这还真有点儿难说。所以，我在编写这几本小册子的时候，遇到一个具体条目究竟应该放在哪里，有时还真颇踌躇。

本书是一本小书，收录谚语条目时只按照一般看法决定取舍，有关谚语的一些不同看法不多涉及。这里需要说明的是，北京百姓日常使用的语汇，不少是从全国各地逐年流入的，谚语也不例外，所以本书适当收入了一些北京人现在常用且其他方言区也常用的谚语。

另外，在本书交稿的时候，听说中国民间文学研究机构组织编著的《中国谚语集成·北京卷》早已于2014年问世。为了稳妥，曾想找来参考，经多方求索，终未觅得，只得作罢。也好，免去了雷同、抄袭的弊害嫌疑。本书如果能够作为该部鸿篇巨著的一个小小的补充，那将是作者感到十分快慰的事情！

作　者

2017年3月21日

# 目　　录

# 条目首字索引

# A

## ☆ 挨着勤的，没有懒的；挨着花①的，没有攒②的。

【注释】①花：此处指大手大脚地胡乱花钱。②攒：积攒（钱财）。

【简析】此谚语是说长久和勤快的人在一起，也会变得勤快起来；长久和不会过日子的人在一起，也会变得不会过日子。这就是所谓的“近朱者赤，近墨者黑”，也是孟母为了儿子的顺利成长所以三迁的缘由。

## ☆ 爱叫的家雀儿①不长肉。

【注释】①家雀儿（jiāqiǎor）：北京方言。麻雀。

【简析】比喻虚张声势的人没有真本事或实力。

## ☆ 爱叫的猫捉不住老鼠，好吹的人办不成大事。（满）

【简析】办成大事不是靠吹嘘，而是靠苦干和实干。

# B

## ★ 八月不打场[1]，九月捂山黄[2]。

【注释】①打场：将从地里收割下来的谷子、黍子、高粱、豆类等放在场上用碌碡进行脱粒。②捂山黄：天气渐凉，连日阴天，树木的叶子变黄了。

【简析】八月经常是蓝天白云、秋高气爽、阳光明媚的好天气，应该抓紧时间打场；一进入九月，天气就要经常阴霾笼罩，收割下来的庄稼就不容易晒干，再打场就不方便了。

## ★ 八月不打雷，打雷遍地都是贼[1]。

【注释】①贼：偷东西的人；贼寇。

【简析】此谚语说的是北京地区的气候特点。进入八月，一般就听不到雷声了，只有个别年份八月才会偶然听到雷声。

## ★ 八月不刨[1]葱，九月就要空。

【注释】①刨：挖掘。

【简析】八月，应该把大葱从栽种的地里刨出来；如果进入九月再刨葱，葱白就会变空。

★ 八月秋高蟹正肥。

【简析】在北京地区，八月秋高气爽、蓝天湛湛，正是蟹黄肥大的时候，是吃螃蟹的好时节。

★ 八月十五云遮月，正月十五雪打灯。

【简析】八月十五中秋节晚上是人们赏月的时候，如果在这个晚上阴天（云遮月），那么在来年正月十五灯节晚上赏灯的时候就要下雪（雪打灯）。当然，这种说法是缺乏科学根据的。

★ 把式①，把式，全凭架势②。

【注释】①把式：武把式（练武者）。此处指练武。②架势：姿势，姿态。

【简析】练武的时候姿势很重要。

★ 白菜豆腐保平安。

【简析】旧时，白菜是北京人过冬的当家菜，豆腐是人们的日常食品，两种食物都价廉而富于营养。

★ 白得的钱无价值。（满）

【简析】财富应该通过劳动获得。

★ 白的黑不了，黑的白不了。

【简析】比喻事实终归是事实，不容歪曲，早晚都能弄清楚。

## ★ 白露①钢②嘴儿，寒露③伸腿儿④。

【注释】①白露：二十四节气之一，在9月7日、8日或9日。②钢（gàng）：简单地磨或蹭。③寒露：二十四节气之一，在10月8日或9日。④伸腿儿：此处指死亡。

【简析】在北京地区，到白露节气蚊子咬人就不那么可怕了，到寒露节气蚊子就要死了。

## ★ 白露早，寒露迟①，秋分②种麦正当时。

【注释】①迟：晚。②秋分：二十四节气之一，在9月22日、23日或24日。

【简析】在北京地区种冬小麦，白露节气略显得早，寒露节气显得晚（小麦分蘖少，影响产量），唯独秋分节气最为适宜。

## ★ 百病可治，相思难医。

【简析】此谚语强调青年男女得的相思病难于医治。

## ★ 百闻不如一见，百问不如一做。

【简析】听别人说很多次，不如自己亲眼看到一次；问别人很多次，不如自己亲手试着做一下。

## ★ 半大小子①，吃死老子。

【注释】①小子（xiǎozi）：男孩子。

【简析】此谚语是说十几岁的男孩子饭量大、吃得多。

## ★ 半桩子[1]，饭仓子[2]。

【注释】①半桩子：十三四岁的男孩子身高不像大人，也不像小孩儿，俗称“半桩子”。②饭仓子：比喻饭量大、吃得多的人。

【简析】同“半大小子，吃死老子”。

## ★ 伴君如伴虎。

【简析】指古代在君王身旁为官随时有身家性命的危险。今多用于泛指。

## ★ 帮人帮到底，救人救到家。

【简析】帮助人、救助人都应该把功夫做到底，不应该浮皮掠影、半途而废。

## ★ 包子有肉不在褶儿上。

【简析】比喻人富有不表现在外表穿着上。

## ★ 褒贬[1]是买主，喝彩[2]是闲人。

【注释】①褒贬：贬。这是汉语的一种复词偏义现象。②喝彩：大声叫好。

【简析】给货物挑毛病并说出货物诸多缺点的人，是打算买货物的人；在演出场所、打斗场所大声叫好的人，一定是闲暇无事的人。此谚语的前半句经常单用。

★ 薄地①种黑豆，十年九收。

【注释】①薄地：贫瘠的耕地。

【简析】豆类作物对土地的肥沃程度要求不是很高（豆类作物根部的根瘤菌能够供给豆类作物氮素养料），所以贫瘠的土地种黑豆收成有保障。

★ 饱汉子不知饿汉子饥。

【简析】比喻处境好的人不理解处于困境中的人的痛苦或难处。

★ 饱拿①干粮，热拿衣。

【注释】①拿：携带。

【简析】出远门儿的时候，吃的穿的都要多带些，以防发生意外措手不及。

★ 饱暖生闲事。

【简析】吃穿无忧以后，就容易拈花惹草、招惹是非。

★ 背着抱着一边儿①沉②。

【注释】①一边儿："一般儿"的音变。②沉：重。

【简析】比喻两种方法的实质是一样的。

## ☆ 北京的胡同多如牛毛。

【简析】这是一种夸张的说法。据学者张清常先生说，北京胡同最多时有3200余条，1989年统计时已减少至1320条。另据其他学者说，目前北京胡同只剩500多条了。

## ☆ 背乡[1]出好酒。

【注释】①背乡：偏僻的乡村。

【简析】在偏僻的乡村，水受人类活动造成的污染小，水质常常比通衢之地好，酿出的酒也往往是其他地方比不了的。

## ☆ 变戏法儿[1]瞒不了筛锣的。

【注释】①戏法儿：魔术的俗称。

【简析】比喻事情瞒不了内部或周围的知情人。

## ☆ 冰冻三尺，非一日之寒。

【简析】比喻事物的变化达到某种程度都有一个渐进的过程，是日积月累造成的。

## ☆ 兵败如山倒。

【简析】在战争中，失败常常像山体崩塌一样迅速。

## ☆ 兵马未到，粮草先行。

【简析】行军或作战时，保障充足的给养供给是非常重要的。

### ☆ 兵㞞[①]，㞞一个；将㞞，㞞一窝。

【注释】①㞞（sóng）：精液。比喻软弱无能（多用于男性）。

【简析】一个军事单位，如果普通士兵怯懦无能，只是他个人的事；如果将领怯懦无能，就影响整个单位，使全单位的力量不能充分发挥出来。意在说明头领能力在一个单位的重要性，现多用于泛指。

### ☆ 病急乱投医。

【简析】比喻因情况紧急到处托人情、想办法。也有说“有病乱投医”的。

### ☆ 病来如山倒，病去如抽丝。

【简析】疾病爆发出来是很快的，痊愈则需要一个缓慢的过程。常用于劝人治病不要太性急。

### ☆ 病从口入，祸从口出。

【简析】疾病常常由于饮食不干净而造成，灾祸常常因为说话不慎重而造成。

### ☆ 补钙不补镁，吃了就后悔。

【简析】这是一条医学界的新谚语。单纯补钙，钙很难被人体吸收，因此补钙的效果差。补钙同时补镁，镁离子可以帮助钙离子吸收，因此补钙的效果较好。

★ 不吃苦中苦，难为人上人。

【简析】此谚语告诉我们，做任何事情都不是容易的，都得付出一定的辛苦，而要想成就一番事业，就更须经受一定的磨难。

★ 不打不成交。

【简析】指不经过激烈的矛盾冲突，彼此就不会真正地了解，也就不会成为真诚的朋友。

★ 不当家不知柴米贵，不养儿不知父母恩。

【简析】当家者要为一家人的吃饭问题操心，所以知道过日子的艰难；自己有了儿子，才知道养儿子的不易，因此也就更加知道父母对自己的养育之恩。

★ 不登长城非好汉，不吃烤鸭真遗憾。

【简析】这是一条新的旅游谚语，前半句套用毛泽东《清平乐·六盘山》词中的“不到长城非好汉”。现在，外地人或外国人来京旅游，一般都要去登长城、品尝全聚德的烤鸭。万里长城是“世界八大奇迹”之一；北京的全聚德烤鸭也历史悠久，闻名遐迩。

★ 不读哪家书，不识哪家字。

【简析】比喻没学过哪一行，就不懂得哪一行，隔行如隔山。

## ☆ 不干不净，吃了没病。

【简析】这是一条不符合卫生习惯的谚语。它的产生大概跟以前的生活条件有关，当时生活水平太低，条件太差，在吃方面自然讲究不了。此谚语表现了在吃东西时对讲究不了的卫生条件的一种凑合或聊以自慰的态度。

## ☆ 不怕不识货，就怕货比货。

【简析】比喻同类的东西只要放在一起比较，就能看出真假、优劣来。

## ☆ 不怕慢，就怕站。

【简析】干什么慢点儿不要紧，时间长了就看出成绩来了。若停下来，就一点儿进度都没有，与慢而不停相比，就要落下很多。

## ☆ 不怕三红，就怕一黑。

【简析】这是一条北京地区的节令谚语。“三红”，指沙果儿、海棠、山里红。“一黑”，指黑枣儿。沙果儿、海棠、山里红进入中秋就陆续下树，黑枣儿下树要在霜降以后。当霜降以后黑枣儿下树时，天已经一天天变冷了，说明慢慢要进入冬天了。在旧时的北京地区，一到冬天就北风怒吼、天寒地冻，是一年中比较难熬的季节，尤其是对穷苦人来说更加艰难。所以说不怕三种果子变红下树，就怕黑枣儿成熟下树。

## ☆ 不怕县官，就怕现管。

【简析】意思是，直接的顶头上司可以直接辖制你，不听从不行。

☆ 不怕夜猫子[①]叫，就怕夜猫子笑。

【注释】①夜猫子：猫头鹰。民间认为，猫头鹰是不祥之鸟，只要清晨在谁家树上笑，谁家就可能在最近死人。

【简析】比喻坏人对你笑准没好事，就需要多加小心，提高警惕了。

☆ 不怕贼偷，就怕贼惦记着。

【简析】意思是，你的财务只要被贼盯上，他就迟早会下手偷。泛指要警惕被别人暗算。

☆ 不怕一万，就怕万一。

【简析】告诫人做事不要大意，要防范各种可能，防止意外事情的发生。

☆ 不是一家人，不入一家门。

【简析】指一个家庭的人在性格特点、生活习惯、为人处世、对事物的见解等方面常常基本相同或比较接近。

☆ 不听老人言，吃亏在眼前。

【简析】老年人阅历广、生活经验丰富，年轻人做事时应该多听老年人的意见，否则就会吃亏、上当。

### ☆ 不图[1]明黎，不早起。

【注释】①图：贪图。

【简析】“明黎”谐音“名利”。此谚语说的是对自己没有好处的事情谁也不会参与。

### ☆ 不知者，不怪罪[1]。

【注释】①怪罪：埋怨；责备。

【简析】由于不了解、不懂得而犯的错误是可以原谅的。

### ☆ 不做官不受害，不吃俸禄不担惊。

【简析】从来官场都是钩心斗角、互相倾轧，在官场做事容易受到周围人的陷害，所以做官就要承担责任和风险，就要担惊受怕。

### ☆ 不做亏心事，不怕半夜鬼叫门。

【简析】没做亏心事，什么时候心里都坦然，就不怕这不怕那的。

### ☆ 不做贼不心惊，不吃鱼嘴不腥。

【简析】此谚语的重点在前半句。指没做坏事，心里就踏实；做了坏事，心里就发虚发毛。

# C

☆ 财命儿女争不得气。

【简析】此谚语是说财富、儿女都是命运安排的、命中注定的，不该你有强求也没用。这是一种宿命论的观点。

☆ 财去人安乐。

【简析】破费或损失一些钱财，但人的安全却保住了，也是值得庆幸的事。

☆ 菜花儿黄，痴子忙。

【简析】此谚语是说精神病人的病在春季容易发作。这可能是表面现象，医学界普遍认为精神病的发作看不到有季节性。春天，精神病人发作的显得多一些，一方面很可能是由于过春节整个一个正月有尽量不吃药的习俗，而精神病患者停药就容易犯病；另一方面可能是冬仨月天气寒冷，精神病患者都在家里猫着，而到春天一暖和出来的时间和次数就多了，所以显得发病的人多。

★ 菜花儿云[①]，晒死人。

【注释】①菜花儿云：又高又淡的白云。

【简析】天空有菜花儿云，一定是炎热的天气。

★ 蚕老不可留，留来留去断丝头；女大不可留，留来留去留成仇。

【简析】蚕老了，得赶快让它上栅子作茧儿，作茧儿晚了就抽不出丝来了。女儿大了，就应该赶快给她找婆家，不可在家久养，否则就会因生理原因引起情绪焦躁，然后经常跟母亲拌嘴吵架、闹别扭。类似的谚语最早见于元杂剧。

★ 蚕老一时，麦熟一晌[①]。

【注释】①晌：中午。

【简析】蚕的背上部一发亮，就得赶紧把它放到栅子上去使其作茧，放晚了就要影响抽丝。麦子一成熟，就得赶紧收割，略一迟疑收割，再割时就可能掉穗儿。

★ 苍蝇不抱[①]没缝儿鸡蛋。

【注释】①抱：盯。

【简析】比喻坏人所以勾搭你，出现坏事人们所以怀疑你，一定与你自身的行为表现有关。

★ 槽头[①]买马看母子[②]。

【注释】①槽头：牲口槽边。②母子：作种用的块根或枝条。此处指生小马的母马。

【简析】比喻初次接触某人考察他的人品怎么样，首先要看他的父母为人怎么样。

## ☆ 茶七，饭八，酒十成。

【简析】招待客人时，向茶杯中斟茶要斟七成满，向碗中盛饭要盛八成满，向杯中斟酒要斟十成满，酒杯越斟得满越表示对客人真诚热情。

## ☆ 馋人会磨刀①，懒人会捞筲②。

【注释】①刀：此处指切菜刀。②筲：担水的木制水桶。

【简析】刀快，做好吃的方便；捞掉在井里的筲，手握长杆绑钩子或长绳绑钩子坐在井边儿就可以干，且没有时间限制，直到捞上来为止，比干哪种农活儿都轻松。

## ☆ 蝉搬家，水浇瓜。

【简析】“水浇瓜”，意为要下雨。

## ☆ 长虫①过道，大雨就到。

【注释】①长虫（chángchong）：蛇。

【简析】夏天，蛇从路这边爬向路那边，说明将要下大雨。

## ☆ 长痛不如短痛。

【简析】与其长时间遭受痛苦折磨，不如忍受一时剧痛使痛苦马上消除。

### ☆ 常吃豆，可增寿。

【简析】这里所说的豆，包括黄豆、黑豆、红小豆等多种豆子。现代研究表明，豆类含有丰富的营养成分，30%～40%的成分都是优质蛋白，容易被人体吸收利用。同时，还含有丰富的异黄酮，它的主要成分金雀异黄素可以抑制肿瘤细胞的生长和转移。此外，豆类中还含有很多优质的氨基酸和钙、铁、B族维生素等有利于健康的成分。因此，这一条民间流传下来的谚语是有充足的科学根据的。

### ☆ 常赌无赢客。

【简析】经常赌博的人，早晚得把家产输光。

### ☆ 唱戏的是疯子，看戏的是傻子。

【简析】唱戏时，演员一会儿哭一会儿笑，一会儿打一会儿闹，所以说唱戏的是疯子。台上演员表演的明明是故事，看戏的却把它当成真实的事看，所以说看戏的是傻子。

### ☆ 朝①里有人得②做官。

【注释】①朝：朝廷。②得：便于。

【简析】泛指在各级政府部门、各个企事业单位里，只要有亲戚朋友掌权，就容易得到一个理想的职位。

★ 车船店脚牙，无罪也该杀。

【简析】旧社会，车行、船行、店行、脚行、牙行欺诈行为最突出，所以有此谚语。

★ 车到山前必有路。

【简析】比喻眼前有似乎难以解决的困难，到时候自有解决的办法。此谚语表现了战胜困难的信心，有时也是在巨大困难面前的一种自我安慰。

★ 撑死胆儿大的，饿死胆儿小的。

【简析】胆大的人，目无法纪规章，经常捞到许多好处；胆小的人，循规蹈矩，做什么事情都不敢出格，往往什么好处也得不着。此谚语常用于比喻。

★ 成名每在穷苦日，败事多在得意时。

【简析】人在穷苦的时候，往往有摆脱困境的决心和艰苦奋斗的勇气，所以常常容易成名；人在顺利的时候，往往就没有这种决心和勇气，所以做事情往往不能成功。

★ 成人不自在，自在不成人。

【简析】要想成为对社会有用的人，必须努力学习、艰苦奋斗，克服种种困难；贪图安乐，追求享受，只能一事无成。此谚语见于启蒙读物《名贤集》。

★ 秤砣虽小压千斤。

【简析】比喻年龄或个子虽小，但身份、职务在那儿，照样说话有分量，有人听从。

★ 吃不穷，穿不穷，算计不到才受穷。

【简析】此谚语强调过日子要学会算计。

★ 吃得苦中苦，方为人上人。

【简析】只有能够吃大苦，禁得起困苦的磨炼，最后才能出人头地，过上社会上层人的生活。

★ 吃顿饺子，三天不离水舀子[①]。

【注释】①水舀子：水瓢。
【简析】此谚语是说吃了饺子以后容易口渴。

★ 吃饭出汗，一辈子白干。

【简析】“一辈子白干（báigàn）”，指徒劳一生，发达不了。此谚语意在说吃饭出汗不好。

★ 吃饭穿衣量[①]家当[②]。

【注释】①量（liàng）：视……情况而定。②家当（jiādang）：家庭的财力。
【简析】比喻做事情要量力而行，不要打肿脸充胖子。

★ 吃惯了嘴儿，跑惯了腿儿。

【简析】吃惯了的东西总是想吃，去惯了的地方总是想去。

★ 吃亏的常在，能忍的自安。

【简析】此谚语告诉人们，一个人肯吃亏、能忍让就有平安稳定的生活。

★ 吃了冬至[1]饭，一天长一线。

【注释】①冬至：二十四节气之一，在 12 月 21 日、22 日或 23 日。

【简析】到了冬至，白天已短得至极。冬至以后，白天变得一天比一天长，所以说“一天长一线”。

★ 吃了腊八儿饭，就把年事办。

【简析】农历年是一年所有节日中最重要的一个节日，人们非常重视。为了过好新年，有许多事情要办，如一过腊八儿家家户户就该准备过年的事情，张罗过年的东西了：扫房子，磨面，蒸馒头，蒸年糕，做豆腐，宰猪或买肉，请神像，买年画儿和其他贴挂的东西，买鞭炮，买红纸写对联儿等，一直忙活到腊月三十。

★ 吃了夏至[1]面[2]，一天短一线。

【注释】①夏至：二十四节气之一，在 6 月 21 日或 22 日。②面：此处指捞面。夏至那天，吃的通常是过水儿的卤面、炸酱面或麻酱面。

【简析】到了夏至，白天已长得至极。夏至以后，白天变得一天比一天短，所以说“一天短一线”。

☆ 吃萝卜喝茶，气得大夫满街爬。

【简析】民间认为，吃萝卜可以顺气，喝茶有多种好处，它们都是有利于健康的。人不生病，自然不用请大夫，所以“气得大夫满街爬”。这是一种夸张的说法。

☆ 吃人家的嘴短，拿人家的手软。

【简析】吃了人家的宴请，得了人家的财物，就再也不能理直气壮地挺起腰杆儿坚持原则，就只能为人家毫无原则地办事了。常用于说掌权者既然接受了贿赂，就不可能主持公道。

☆ 吃肉不吃蒜，营养减一半。

【简析】这是近年流行于营养学家中的一句新谚语。营养减半不减半难于断定，主要在于强调吃肉时吃蒜的好处，因为大蒜可以帮助体内的脂肪代谢，并且还有杀菌作用。

☆ 吃水不忘打①井人。

【注释】①打：挖；掘。

【简析】比喻不要忘恩。

## ☆ 吃四两，还半斤。

【简析】此为宗教谚语。佛教徒认为，人不应该吃肉，今生吃肉则来世就要加倍偿还（旧制十六两为一斤，半斤为八两）。

## ☆ 痴心的女子，负心的汉。

【简析】女子对所爱的男子一般很专一，情感坚定不移；男子一般对爱情不够专一，经常移情别恋背叛所爱的女子。

## ☆ 崇文门进酒车，宣武门出囚车。

【简析】清代，北京南郊大兴一带烧锅比较多，所酿的酒要通过崇文门运入城内；北京的刑场在菜市口，每当处决人犯时囚车都要经过宣武门去菜市口。因为上述历史事实，所以留下了此谚语。

## ☆ 丑妻薄地家中宝。

【简析】丑妻，不会招人算计而引来是非，可以本分地过日子；薄地，虽然产量少，但毕竟可以打粮食糊口，是贫苦农家的依靠。所以，二者为本分农家之宝。

## ☆ 丑媳妇儿总要见公婆。

【简析】比喻一些不好的情况不要怕别人知道，别人知道只是早晚的事。

☆ 臭嘴臭不了心。

【简析】此谚语是说有亲情关系的人在吵架时虽然互骂，有时甚至放狠话，但心总是相通的，亲情是割舍不断的。

☆ 出门儿不带钱，不如家里闲。

【简析】出门儿不带钱，什么事情也做不了，外出便毫无意义，还不如在家里待着。

☆ 出头儿的椽子[①]先烂。

【注释】①椽子（chuánzi）：横放在檩上的木棍或木条，对房顶上铺的芦苇、秫秸、瓦、灰泥起支撑作用。

【简析】比喻在某方面冒头儿的人常常会遭到周围人的嫉妒、非议或刁难。

☆ 初生牛犊不怕虎。

【简析】比喻年轻人少生活阅历，缺乏生活经验，没有遇到过困难，反而可以做事少顾虑，因而不怕困难和危险。

☆ 穿鞋内联升[①]，吃菜丰泽园[②]。

【注释】①内联升：京城的一家著名鞋店。开业于 1853 年，店址最早在东交民巷，后迁到前门外廊房头条，1949 年后迁至大栅栏。在清代，内联升专门制售朝靴，民国后改为制售千层底布鞋至今。②丰泽园：京城著名饭馆之一。1930 年由栾学堂开办，馆址在前门外珠市口。以经营济南菜为特色，尤善做燕窝、鱼翅、甜菜等大件珍细品，菜肴选料精细，所做的菜别有味道，深受广大顾客喜爱。1949年后，丰泽园依然是饭馆中的佼佼者，党和国家领导人经常在此宴请外国宾客。

☆ 穿衣戴帽，各有所好。

【简析】衣着打扮是个人的私事，每个人都有每个人的喜好，不能强求一致。

☆ 春打六九头。

【简析】六九前交立春节气。

☆ 春到寒食①六十天。

【注释】①寒食：节名。在清明节前一天。
【简析】从立春那天到寒食节那天是六十天时间。

☆ 春多一场雨，秋收万石粮。

【简析】春天下雨多，秋天就容易获得丰收。

☆ 春分①前后，大麦豌豆。

【注释】①春分：二十四节气之一，在3月20日或21日。
【简析】春分节气前后是种大麦、豌豆的最佳时节。

☆ 春风不刮，草芽儿不发。

【简析】春草是随着刮春风长出来的。

☆ 春风日暖一日，秋风天冷一天。

【简析】天气随着春风一天天变暖，随着秋风一天天变寒。

☆ 春耕深一寸，顶上一遍粪。

【简析】此谚语是说深耕对丰收的意义。

☆ 春寒多雨水，春暖百花香。

【简析】春天下雨多，容易春寒；春天天气暖和，容易百花盛开。

☆ 春困秋乏夏打盹儿，睡不醒的冬仨月。

☆ 春捂，秋冻，一辈子不生病。

【简析】现代医学告诉我们，秋冻有利于锻炼身体的抵抗力，但不是所有人都适合秋冻，如老人、病人就需要适时保暖而不适宜秋冻。

☆ 春雨贵如油，冬雪保丰收。

【简析】在华北地区，春天极少下雨，常常干旱，所以对于农家来说春雨像食油一样珍贵。冬雪可以保墒（shāng），好像给冬小麦盖了一床被，有利于来年的返青生长，所以说冬雪可以保丰收。此谚语的前半句常单用。

☆ 此地无朱砂①，红土也为贵。

【注释】①朱砂：一种无机化合物，呈红色或棕红色。

☆ 葱辣眼，蒜辣心①，秦椒②辣嘴唇，芥末辣鼻筋。

【注释】①心：此处实际指胃上口。②秦椒：也叫线椒，一种细长的辣椒。

【简析】日常食用的几种辣品对人体的刺激部位是不一样的。

☆ 聪明用成果说话，傻瓜才用舌头吹牛。（满）

【简析】成果是做出来的，不是吹出来的。

☆ 粗瓷碗雕不出细花儿来。

【简析】泛指若想有好成品，必须首先有好材料；培养优秀人才，首先必须要有好苗子。

☆ 寸草铡三刀，无料也上膘。

【简析】指给牲口铡谷草铡得越短越好，短草利于牲口咀嚼和消化。

# D

★ **打到的媳妇儿，拃[①]到的面。**

【注释】①拃（zhǎ）：把和好的面团反复压揉。

【简析】封建思想认为，媳妇儿要经常打，打到一定程度才能调教出来，才能变得驯顺懂事；和面时对面要反复揉压，只有反复揉压，才能使面团变得仔密好用。

★ **打虎亲兄弟，上阵父子兵。**

【简析】比喻办事情要找亲戚、朋友等靠得住的人参与。

★ **打墙也是动土。**

【简析】比喻小干也是干，大干也是干，既然都担风险，就索性大干一场。

★ **打人别打脸，说话别揭短。**

【简析】打脸容易引起鼻部出血，鲜血呼啦或鼻青脸肿，打得不重也容易显得很重；谈话时提别人曾经的不光彩事，容易伤害别人的自尊心，引起别人的不快。

☆ 打闪不如云遮月，扇扇子不如自来风。

【简析】打闪的光虽然比云遮月明亮，但时间很短，只在瞬间，而云遮月虽然光线不太明亮，却时间长久；扇扇子费力气，风力也不如自来风自然舒服。

☆ 打鱼摸虾，当日庄稼。

【简析】在北京地区，庄稼只能在夏秋两季收获，打鱼摸虾当天就可以吃或卖钱。

☆ 大二小三儿，月亮沾边儿。

【简析】此谚语是说初二三月亮出得很晚。

☆ 大锅粥，小锅儿菜。

【简析】大锅熬出来的粥好吃，小锅儿炒出来的菜香。

☆ 大旱不过五月十三。

【简析】在华北地区，春旱是经常的事，一般情况下到五月中旬就该开始下雨了。

☆ 大河有水小河满，大河无水小河干。

【简析】比喻只有国家、集体富裕了，每个个体才能真正富裕。在农业合作化时期，经常用此谚语教育农民，让其加强集体意识和集体观念，并多为集体着想。

## ★ 大胡同儿三千六，小胡同儿赛[①]牛毛。

【注释】①赛：好像，跟……一样。

【简析】形容北京胡同之多。

## ★ 大火烧不了潭柘寺[①]，大水淹不了北京城。

【注释】①潭柘寺（Tánzhèsì）：坐落在北京西郊门头沟区的一座寺庙。始建于晋代，初叫嘉福寺，唐代改为龙泉寺，金代重修后改名为大万寿寺，清康熙皇帝发帑重建后赐名岫云禅寺。因寺后有潭，山上有柘树，被人们称为潭柘寺。

【简析】潭柘寺是石头建造，所以不容易引起火灾；北京城以皇城为中心，排水系统非常完善，所以不容易被大水淹。

## ★ 大口，小口，一月一斗。

【简析】一个家庭用粮，甭管大人小孩儿，平均每人每月一斗粮食就够（一斗粮食多少斤重，百余年来变化不一，此处指的不是市斗，而是老斗。市斗一斗十五市斤，老斗一斗三十市斤）。

## ★ 大难不死，必有后福。

【简析】用于对别人大病、大难后的安慰之词。

## ★ 大炮一响，黄金万两。

【简析】每发射一发炮弹，就要消耗万两黄金。比喻大发战争之财。20 世纪二三十年代，国家、百姓贫穷，战争频仍，所以产生了此谚语。

★ 大人拜年为的是礼，小孩儿拜年为的是钱。

【简析】小孩儿给大人拜年，大人习惯上要给压岁钱。

★ 大人不记小人过。

【简析】指有身份、有地位的人不跟下面的人一般见识。

★ 大树底下好乘凉。

【简析】比喻攀附或投靠有权势的人可以得到庇护。

★ 大添仓，小添仓①，捞干饭②，杂面汤③。

【注释】①添仓：添仓节，在农历正月二十五日。据说这一天是纪念谷神韩信的节日。②干饭：将小米儿煮熟后用笊篱捞出的饭。③杂面汤：用绿豆面擀成的面条儿煮成的汤面。

【简析】在添仓节这一天，北京郊区农村有早饭吃捞干饭、杂面汤的习俗，城里人有买米买炭储存和吃大鱼大肉的习俗。

★ 大雾不过三，不是下雨就是阴天。

【简析】接连几天都是雾天，说明要阴天下雨了。

★ 逮住一陌儿①算百陌儿。

【注释】①陌儿：次，回。

【简析】做坏事一次被捉住，就可以认定这之前的同类坏事也是他干的。

☆ 单丝不成线，孤树不成林；大家一条心，黄土变成金。

【简析】个人的力量是渺小的，只有依靠集体的力量、大家的力量才能办成大事。这是说做事情众人齐心协力的重要性。只要人心齐，劲儿往一处使，就能成就一番事业。

☆ 当断不断，反受其乱。

【简析】此谚语告诉我们，事情该决断时就决断，不可犹豫不决。

☆ 当官儿的动动嘴，小兵子[1]跑断腿。

【注释】①小兵子：这里指一般的办事人员。

【简析】形容只要上级说句话，就够下属忙活的。

☆ 当家人，恶水缸。

【简析】比喻主持家务的人总有得罪家人的时候，不可能做到诸事人人满意。

☆ 当局者迷，旁观者清。

☆ 当面教[1]子，背后教妻。

【注释】①教：音 jiāo。

【简析】当着客人的面儿，可以告诉孩子哪儿做得不对，应该怎样做；如果觉得妻子哪儿做得不对或不好，则要等客人走后再告诉她，因为需要顾及妻子的面子。

☆ 挡得住枪口，挡不住人口。（满）

【简析】此谚语是说人们议论是是非非是管不住的。

☆ 刀不磨，要生锈；人不学，要落后。

【简析】此谚语是说人应该不断坚持学习，否则就要落后于他人，落后于形势。

☆ 刀搁①盆，必死人。

【注释】①搁：放。

【简析】旧时，北京习俗认为厨房的菜刀不能放在盆子里，放在盆子里不吉利。

☆ 刀快不怕脖子粗。

【简析】比喻只要本领过硬，措施得力，就不怕问题难解决。

☆ 到处黄土都养人，何处黄土不埋人？

【简析】此谚语是告诉生活陷入窘境的人不要舍不得离开故土，可以换一个地方谋生以摆脱窘境，“人挪活，树挪死”嘛！

☆ 道德全，寿自延。

【简析】此谚语是说道德修养水平对身体健康有直接影响。

☆ 得病容易去病难。

【简析】指得病是不经意间的事，一旦得了某种疾病就不是很容易好的，而有的疾病很顽固，往往需要经过多方医治才会慢慢痊愈。

☆ 得放手时须放手，得饶人处且①饶人。

【注释】①且：姑且，暂且。

【简析】此谚语是说对人要有慈悲之心和宽容的态度。

☆ 滴水之恩，当涌泉相报。

【简析】此谚语告诉我们，不可忘记别人的恩情，受人恩惠当加倍报答。

☆ 地过北斗①端个碗，房有千间住一间。

【注释】①北斗：指北斗星。

【简析】北斗七星照射地球表面极广，“地过北斗”比喻耕地极多（从彭庆生教授说）。此谚语告诉我们，钱不是越多越好，不要不顾一切只一味地为发财拼命。

☆ 第一莫①贪②头九③暖，连绵雨雪到冬残。

【注释】①莫：不要。②贪：贪图，转指盼望。③头九：数九季节的第一九。

【简析】不要盼望数九开始天气暖和，那可能预示着整个儿冬天都雨雪连绵（参见“头九暖，九九寒”）。

☆ 店大欺客，奴大欺主。

☆ 店房也有个主人，庙里也有个住持[①]。

【注释】①住持：主持一个佛寺或道观的僧尼或道士。

【简析】任何部门、任何单位都有主事的人，一些事情应该通过主事的人，不能擅自做主、自行其是。

☆ 爹矬，矬一个；娘矬，矬一窝。

【简析】如果父亲个子矮，一般只有一个子女个子矮；如果母亲个子矮，所生的子女都会个子矮。

☆ 爹有娘有不如自己有。

【简析】此谚语强调在经济上依靠谁也不如依靠自己。

☆ 东城布帛菽粟，西城牛马柴炭，南城禽鱼花鸟，中城珠玉锦绣。

【简析】在清代，通过大运河从南方运来的粮食布匹，存放在朝阳门里的仓库里；从蒙古草原运来的牛羊马匹，从门头沟运来的煤炭，都从阜成门运进城来；南城的天桥有鸟市，黄土岗一带的花农种植大量鲜花，金鱼池出产金鱼；正阳门外有许多绸布店、珠宝店。所以有此谚语。

☆ 东富西贵，南贱北贫。

【简析】在明清时期，铁路没修以前主要通过大运河漕运把南方的生活物资运到北京，卸后多储存于东城仓库，因此许多商人也居住在东城，形成了“东富”的现象；西城居住的王爷和当官的比较多，形成了“西贵”的现象；南城前门、宣武一带多手工业工人，他们的社会地位较低，形成了“南贱”的现象；北城德胜门一带，多居住的是社会底层的穷人，形成了“北贫”的现象。

## ★ 东虹[1]云彩西虹雨，南虹出来卖儿女，北虹出来动刀枪。

【注释】①虹：北京方言念 jiàng。

【简析】“卖儿女”，指当年有农业灾荒。“动刀枪”，指当年社会有动乱。此谚语所说不知何所本。

## ★ 东宫[1]，西宫[2]，七十二妃嫔[3]。

【注释】①东宫：封建王朝太子住的地方。②西宫：封建王朝嫔妃住的地方。③妃嫔：嫔妃，皇帝的妾。

【简析】此谚语是说皇帝的妻妾非常多。

## ★ 东闪不下雨，西闪躲不及。

【简析】在北京地区，夏天在东方打闪，天气会随风向东去，所以本地不会下雨；如果在西方打闪，随着西风，暴雨会很快地到来。

## ☆ 冬吃萝卜夏吃姜，不用医生开药方。

【简析】指冬天吃萝卜、夏天吃姜对身体健康有好处。

## ☆ 冬有三尺雪，人有一年丰。

【简析】冬天下大雪，来年必有个好收成。此为瑞雪兆丰年之意。

## ☆ 冬至长，夏至短。

【简析】冬至节气那天是一年中白天最短的一天，之后白天变得一天比一天长；夏至节气那天是一年中白天最长的一天，之后白天变得一天比一天短。

## ☆ 冬至饺子夏至面。

【简析】在北京地区，有冬至吃饺子、夏至吃面条的习俗。

## ☆ 冬至十天大瞻礼[①]。

【注释】①瞻礼：天主教徒称宗教节日。

【简析】旧时，北京周边农村地区的天主教徒在元旦那天集体吃一顿肉粥，谓之过大瞻礼。

## ☆ 冬至十天阳历年。

【简析】冬至节气在 12 月 21 日、22 日或 23 日，从冬至到元旦大约十天。

★ 冻不死的葱，旱不死的蒜。

★ 冻不死的小麦，干不死的大麦。

【简析】此处的“小麦”指冬小麦。

★ 豆角儿开花藤连藤，石榴结子儿心连心。

【简析】比喻亲情相连。

★ 赌钱场上无父子。

【简析】在赌场上，赌徒六亲不认，身心只专注在输赢上。

★ 端人家碗，受人家管。

【简析】比喻受人家雇用就要听人家的话，受人家支配。

★ 多个朋友多条路，少个对头①少堵墙。

【注释】①对头（duìtou）：仇敌。

【简析】朋友多，遇到困难时提供帮助的人就多；仇人多，遇到需要帮助时设置障碍的人就多。所以生活中应该广交朋友，尽量化解仇恨。

★ 多喝伤肝，少喝伤肺，不喝伤心。

【简析】此谚语说的是饮酒的害处和酒的怡神排忧作用。这是嗜酒而不愿戒酒者所说。意思是，我饮酒有损健康，你不饮酒还不能排解忧愁呢，同样对健康不利。

### ☆ 多年的道儿走成河，多年的媳妇儿熬[1]成婆。

【注释】①熬：此处指忍受艰难困苦的生活，期盼境况逐渐好转。

【简析】比喻事物总是要发生变化的，遇有不好的情况只要坚持忍耐，总会盼来出头之日的。

### ☆ 多年的小溪流成河，多年的媳妇儿熬成婆。

【简析】同“多年的道儿走成河，多年的媳妇儿熬成婆”。

### ☆ 多一事不如少一事。

【简析】指事不关己的事不要涉及，免得引来无端的麻烦和烦恼。

# E

## ☆ 恶人自有恶人磨[1]。

【注释】①磨：整治。

【简析】心肠狠毒的人总是会有心肠狠毒的人来制服他。

## ☆ 饿急喽吃五毒[1]，渴急喽喝盐卤[2]。

【注释】①五毒：指蝎子、蜈蚣、壁虎、蟾蜍和蛇等五种动物。②盐卤：熬盐时剩下的液体，是氯化镁、硫酸镁和氯化钠的混合物，味苦，有毒。传统上，做豆腐时用作凝结剂。

【简析】比喻在急难面前明知某做法对自己有害，但为了应付眼前也不得不这样做。

## ☆ 饿了吃糠甜如蜜，饱了吃蜜都不甜。

【简析】比喻人要是饿急了吃什么都很香。

## ☆ 饿死不做贼，屈死不告状。

【简析】做贼有损人的声誉和尊严，同时封建时代对贼盗的惩处是很严厉的，有可能被永远监禁或长期流放，造成妻离子散、家破人亡的境况，所以饿死也不能做贼。旧社会，“衙门口儿朝南开，有理没钱别进来”，告状打官司得投进去很多时间和钱财，许多经过打官司的人家最后都落得败落、破产，所以一般殷实之家为了守住自己的家业宁愿屈死也不去告状打官司。

☆ 恩不可忘得太净，仇不可记得太深。（满）

【简析】别人对自己的恩情永远不应该忘记，人人都应该知恩图报；跟别人结下的冤仇，则应该逐渐淡忘。

☆ 儿①不管教不成人，树不培植不成林。

【注释】①儿：儿子。

【简析】在男孩子的成长过程中，家长必须严加管教，否则便容易学坏，就像所栽的树木必须精心培植才能成林一样。

☆ 儿不嫌母丑，狗不嫌家贫。

【简析】作为儿女没有嫌自己的母亲长得丑的，就像狗不嫌自己的主家家境贫寒一样。此谚语的前半句常单用。

☆ 儿大不由①爹，女大不由娘。

【注释】①由：听从。

【简析】儿子、女儿长大以后就都有自己的主意了，爹娘就很难管了。

☆ 儿马①骒马②不同槽。

【注释】①儿马：公马。②骒马（kèmǎ）：母马。

【简析】公马、母马不能在同一个槽上喂。比喻男女不能在一起劳动或工作，否则就容易发生不正当关系。这是一条带有封建色彩的谚语。

☆ 儿女是妈的心头肉。

☆ 儿孙自有儿孙福，莫为儿孙做马牛。

【简析】晚辈们自有他们的谋生手段和前途，长辈不必过分地为他们担心、操劳，而应该安排好自己的晚年生活。

☆ 儿行千里母担忧，母行千里儿不愁。

【简析】儿子出门在外，当母亲的总是牵肠挂肚；母亲出门在外，儿子却常常不知道惦记。

☆ 儿要亲生，地要自种。

【简析】比喻自己的事要由自己做主、自己决定。

☆ 儿作①儿当②，爷③作爷当。

【注释】①作：做下。此处指犯下罪行。②当：承当。③爷：父亲。

【简析】儿子做下了违法的事，儿子承担法律责任；父亲做下了违法的事，父亲承担法律责任。此谚语是说谁犯法谁承担法律责任，跟亲属没有关系。

## ☆ 耳不听，心不烦；眼不见，嘴不馋。

【简析】此谚语重点在说前半句。

## ☆ 耳听为虚，眼见为实。

【简析】听说的不足凭信，亲眼见到的才真实可靠。

## ☆ 二八月，乱穿衣。

【简析】二月是冬天向春天过渡的月份，一些人因为对天气比较敏感便早早地换上了春天的衣服，但另一些人依然穿着厚厚的棉服。八月是夏天向秋天过渡的月份，一些人因为对天气比较敏感则已经换上了秋天的衣服，但另一些人依然穿着夏装。所以这两个月容易形成乱穿衣的情况。

## ☆ 二八月，昼夜相停①。

【注释】①相停：相等，长短差不多。

【简析】农历的二月、八月分属春分、秋分节气，白天和黑夜长短差不多。

## ☆ 二虎相争，必有一伤。

【简析】比喻两个强者争斗必有一方受到伤害。

## ☆ 二十七，洗疾病；二十八，洗邋遢[①]。

【注释】①邋遢：不整洁，不利落。此处指身体或衣物上的污垢。

【简析】旧时，人们生活条件差，不能经常沐浴、洗衣，过年时为了去掉秽气，干干净净过个年，年前人们都要把身体、衣服洗干净。

## ☆ 二十三，蹿一蹿；二十五，鼓一鼓。

【简析】“二十三”“二十五”都是指年龄。此谚语是说人到了这个年龄时身高仍可以长一些。

## ☆ 二十三，糖瓜儿[①]粘。

【注释】①糖瓜儿：做成球形的麦芽糖。

【简析】腊月二十三日是祭灶的日子，祭灶要给灶王爷吃糖瓜儿以粘住他的嘴，让他到天宫汇报人间善恶的时候不方便说话（参见“二十三，灶王爷上天”）。所以有“二十三，糖瓜儿粘”的谚语。

## ☆ 二十三，灶王爷上天。

【简析】传说灶王爷腊月二十三日这天上天是要回宫向天神汇报一年来人间的善恶。

☆ 二月二，龙抬头。

【简析】“二月二”，古中和节。传说蛰伏了一冬天的龙在二月二这一天要抬起头来。

☆ 二月二，摊煎饼。

【简析】农历二月二日吃煎饼是北京地区的习俗。

☆ 二月清明老喽柳，三月清明柳不开[①]。

【注释】①柳不开：柳不吐芽。

【简析】如果二月进入清明节，天一定暖和得早；如果三月才进入清明节，天一定暖和得晚。

# F

### ☆ 饭后百步走，活到九十九。

【简析】此谚语是说饭后散步对健康的好处。现代养生家认为，饭后不宜马上散步，起码应该先休息半小时再散步。

### ☆ 饭后一袋烟，赛过活神仙。

【简析】这是一条不符合现代科学的谚语。吸烟本来就对身体健康有害，饭后吸烟对身体害处更大。

### ☆ 饭后走百步，不用开药铺①。

【注释】①不用开药铺：此处指不用请大夫看病（因为身体很健康）。

### ☆ 饭庄①分两半儿，跑堂儿②与红案儿③。

【注释】①饭庄：规模较大的饭馆。②跑堂儿：旧指饭馆的前台服务人员。③红案儿：饭馆工作分工上指做菜的工作。

【简析】此谚语是说在饭店工作中饭店服务人员和厨师对于饭店的重要性。饭店要想经营得好，必须有经验丰富、热情周到的服务人员和高水平且能够烹饪出可口菜肴的厨师。

### ☆ 分儿①，分儿，社员②命根儿③。

【注释】①分儿：此处指工分儿。②社员：指农业生产合作社社员或人民公社社员。③命根儿：比喻最重要或最看重的事物。

【简析】从1955年开始，全国基本上实现了农业合作化，开始是初级社，后转为高级社。从1958年开始，农村实行公社化，农民被剥夺了土地所有权和经营权，每天靠出工挣工分儿吃饭。所以产生了此谚语。

### ☆ 分儿①，分儿，学生命根儿。

【注释】①分儿：此处指学生考试的分数。

【简析】形容考试分数是学生最看重的东西，因为它反映学习成绩的好坏，并决定升级或留级。

### ☆ 粪①大水勤，不用问人。

【注释】①粪：肥料。

【简析】只要多施肥、勤浇水，就不用向人求教如何种庄稼，庄稼也肯定长得好。

### ☆ 粪堆上长不出灵芝草。

【简析】比喻人品不好的家长培养不出好儿女。

☆ 风刮一大片，雹打一条线。

【简析】大风对庄稼造成的灾害，受灾面积往往是一大片；雹灾对庄稼造成的灾害，受灾面积往往是长条状的。

☆ 风后暖，雪后寒。

【简析】冬季刮风时天气冷，风停了天就暖和；下雪时天气一般不冷，化雪时因要从空气中吸收热量反而冷。

☆ 风三儿，风三儿，一刮三天儿。

【简析】旧时，北京从立冬以后一直到春天二三月经常刮大风，怒吼的北风总是夹带着沙尘一连刮几天，给人们的生活、出行带来诸多不便。这种情况一直延续到 20 世纪 50 年代。此谚语反映了京城百姓对冬春寒风的腻烦情绪。1949 年以后，人民政府大抓植树绿化，加之“三北防护林”建设所发挥的作用，夹带沙尘的大风才慢慢少了起来。现在，由于经常有雾霾，冬、春季的北风再也不那样令人腻烦了，它已经成了驱散雾霾的帮手。

☆ 风是雨的头，屁是屎的头。

【简析】暴风突然从一个方向刮来，说明暴雨即将来临；小孩儿屁声接连不断，说明他大便来了，大人得赶快准备。

☆ 夫妻本是同林鸟，大难临头各自飞。

【简析】夫妻是长期生活在一起的两个人，但在大难临头时也常是自顾自的。

### ☆ 夫妻和，家道兴。

【简析】一家过日子夫妻和睦很重要，只有夫妻和睦才能商商量量过日子。

### ☆ 福无双至，祸不单行。

【简析】好事不会同时到来，灾祸却可能一个紧跟着一个到来。此谚语多在接连发生不幸的事时用，后半句常单用。

### ☆ 府①见府，三百五。

【注释】①府：唐代至清代的行政区划，级别在省和州县之间。

【简析】府治与府治的距离，一般在三百五十里左右，如顺天府府治宛平城距保定府府治保定约三百五十里，保定府府治再向南到正定府府治距离也约三百五十里，北京城到西北方向的宣化府也大致如此。

### ☆ 富家子弟不成才。

【简析】富家子弟由于生活条件优越，不容易有艰苦奋斗、奋发向上的精神，如果家教再不好就难于成才了。

### ☆ 富了耳头穷了心。

【简析】净听这个发了大财、那个赚了大钱的话，反而容易使自己产生自卑心理，并丧失奋发向上的斗志。

### ★ 富人一席酒，穷汉半年粮。

【简析】此谚语用穷人与富人消费的巨大差距来说明社会贫富差距的巨大。

# G

### ☆ 鲠鱼①找鲠鱼，鲇鱼找鲇鱼，王八②找大甲鱼③。

【注释】①鲠鱼（gǎyu）：黄腊丁儿鱼。②王八：乌龟或鳖的俗称。③甲鱼（jiǎyú）：鳖。

【简析】比喻物以类聚、人以群分，坏人专与坏人为伍。

### ☆ 该坑儿①里死，井儿里死不了。

【注释】①坑儿：水坑。

【简析】迷信认为，生死是命中注定的，什么时候死、死于何处都已安排好。

### ☆ 该冷不冷，不算①年景②。

【注释】①算：是。②年景：此处指好年景。

【简析】北京地区处地球北亚热带地区，一年四季分明，如果夏季不热、冬季不冷都属气候异常，而气候异常对人们的生产、生活皆不利。所以有“该冷不冷，不算年景”之说。

## ☆ 干冬[①]湿年夕[②]。

【注释】①干冬：少雨雪或不下雨雪的冬天。②年夕：过年的时候。

【简析】在北京地区，冬天常常少雪（所谓“干冬”），农历年（春节）前后则常常下雪（所谓“湿年夕”）。

## ☆ 干净瓦匠，邋遢木匠。

【简析】此谚语是说行业习惯的。瓦匠干完活以后，要把碎砖烂瓦归置到一起，把现场整理得干干净净；木匠干完活以后，收拾完工具背起工具箱就走，刨花儿、碎木到处都是也不管。所以有此谚语。

## ☆ 干痨、气臌、噎，阎王爷[①]下[②]的请帖[③]。

【注释】①阎王爷：阎罗。佛教对管地狱之神的称呼。②下：递送。③请帖：邀请人参加喜宴、庆典等重要活动的简单书面文件。

【简析】痨病（肺结核）、臌胀（腹水之类）、噎嗝（食道癌），传统上被认为是不治之症。

## ☆ 干什么说什么，卖什么吆喝[①]什么。

【注释】①吆喝：大声叫卖。

【简析】无论干什么事情，都要全身心投入并专心致志地干。

☆ 高粱谷，潮干土。

【简析】高粱和谷子播种时土壤略湿就可以。

☆ 胳膊拧不过大腿去。

【简析】比喻力量弱小的一方违拗不了强势的一方。

☆ 鸽子拣着旺处儿飞。

【简析】比喻人都喜欢到好的地方去生活或工作。

☆ 割不断的亲，离不开的邻。

☆ 跟着好人学好人，跟着巫婆①跳大神②。

【注释】①巫婆：女巫。②跳大神：女巫或巫师装出鬼神附体的样子，口说身舞，以给人驱鬼治病。这是一种迷信活动。

【简析】跟什么人接近就受什么人影响，所谓“近朱者赤，近墨者黑”。

☆ 弓是弯的，理是直的。

☆ 公公不搭儿媳妇儿肩。

【简析】公公跟儿媳妇儿应该保持一定的距离，搭肩、牵手都不符合伦理道德规范。

★ 公鸡打架头对头，两口子打架不记仇。

★ 功到自然成。

【简析】功夫到了，自然就会成功。此谚语用于勉励人做事要有决心和信心，要坚持不懈地努力。

★ 功夫不负有心人。

【简析】只要一门心思坚持不懈地干下去，事情最后一定能获得成功。

★ 狗记路，猫记家，小孩儿只记吃妈妈[①]。

【注释】①妈妈：儿语。乳房。此处指乳房分泌的乳汁。

【简析】此谚语前半句经常单用。

★ 狗肉上不了正席。

【简析】比喻不怎么样的人是不配做正事的。

★ 狗吐舌头，鸡张嘴，乌云遮天，要下雨。

【简析】狗吐舌头、鸡张嘴一定是天气闷热，而天气闷热就是要下雨的征兆。

★ 狗嘴里吐不出象牙来。

【简析】詈（lì）语。比喻从坏人嘴里讲不出好话来。

## ☆ 够不够，四十六。

【简析】女人不管已经生了几个孩子，是否还想生孩子，一般到四十六岁就不能再生孩子了，因为已经到了绝经期。

## ☆ 谷雨[1]到，蛤蟆叫。

【注释】①谷雨：二十四节气之一，在 4 月 19 日、20 日或 21 日。

【简析】蛤蟆是冬眠动物，到谷雨节气时天气已经暖和，便从地里钻出来了。

## ☆ 谷雨花[1]，大把儿抓；小满花，不回家。

【注释】①花：指棉花。

【简析】谷雨时节是种棉花的季节，小满种棉花就晚了，就不会有好收成了。

## ☆ 谷雨前，好种棉。

【简析】谷雨节气前是种棉花的好季节。

## ☆ 谷雨前后，埯[1]瓜点豆。

【注释】①埯（ǎn）：将长粒的种子或种秧插入浇过水的小坑儿中。

★ 顾客就是上帝。

【简析】这是20世纪80年代搞市场经济后商家提出的一句营销口号，意在强调营销人员要尊重顾客，热情为顾客服务。

★ 瓜田不纳履①，李②下不整③冠④。

【注释】①纳履：提鞋。②李：李子树。③整：正。④冠(guān)：帽子。

【简析】瓜地提鞋有偷瓜的嫌疑，李子树底下正帽子有偷李子的嫌疑。比喻做事应避免嫌疑。源于成语“瓜田李下”。

★ 瓜茬瓜，不结瓜。

【简析】种任何庄稼、瓜果，重茬都影响产量，应该轮作。

★ 瓜子儿不饱是人心。

【简析】比喻馈赠虽然微薄，但心意却到了。

★ 寡妇门前是非多。

【简析】寡妇与男人交往容易招来流言蜚语。

★ 观棋不语真君子，见死不救是小人。

【简析】此谚语前后句常分开用。作为一个现代公民应该见义勇为，见死不救应该受到公众的谴责，也应该受到自己良心的责备。

★ 观棋不语真君子，举手无悔大丈夫。

★ 官不进民宅。

【简析】明清时期，官府工作人员、军人等在通常情况下均不能进入民宅，军队募兵或执行任务也必须在野外扎营。

★ 官差[1]不由自己。

【注释】①官差：旧指担任公职或执行公务的人。

【简析】凡当官差的人都不能由着个人性情行动，都要受到官府的纪律约束；凡有公务在身的人，都必须按照上级的要求来做，没有自己愿意、不愿意做或自己选择合适时间做的问题。

★ 官打民不羞，夫打妻不羞，父打子不羞。

【简析】封建伦理认为，当官差的打老百姓、丈夫打妻子、父亲打儿子都是天经地义的。现代社会认为，人人平等，谁也没有权利打别人。

★ 官儿不打送礼的。

【简析】比喻馈赠人财物不会遭到受赠人怪罪或责备。

★ 官儿大一品压死人。

【简析】官场上历来讲究官位级别，高一级、低一级权利差别很大。

★ 官向官，吏向吏。

【简析】指有利害关系的同类人互相偏袒。

★ 管天管地，管不了拉屎放屁。

【简析】此谚语用于当着别人放了屁时说。

★ 管闲事，落不是[①]。

【注释】①不是：埋怨。

★ 光棍儿[①]汉子，叫驴蛋子[②]。

【注释】①光棍儿：不找或尚未找到妻子的成年人。②叫驴蛋子：年轻的公驴。

【简析】此谚语是说光棍儿身体皮实、强壮。

★ 光棍儿会管媳妇儿，绝户[①]会管儿子。

【注释】①绝户：旧指没有儿子的人或家庭。

【简析】光棍儿看到别人的媳妇儿表现不好，会说“要是我媳妇儿，我肯定把她管得如何如何好”；绝户看到别人的儿子表现不好，会说“要是我儿子，我一定把他管教得如何如何好”。事实上，光棍若真有媳妇儿，也不一定能够管好；绝户若真有儿子，也不一定能够管教好。此谚语是说凡事空话好说，实际做起来就难得多了。

### ★ 光棍儿怕掉个儿[①]。

【注释】①掉个儿：也说“掉过儿”，即调换位置。

【简析】比喻应该设身处地地为别人想想，即应该换位思考，“己所不欲，勿施于人”。

### ★ 光脚不怕穿鞋的。

【简析】光脚的与穿鞋的发生争斗，穿鞋的怕踏入泥水把鞋弄脏，而光脚的则没有这个顾虑。这是一句争斗时的狠话，经常是弱势的一方警告强势的一方不要欺人太甚，惹急了我可是敢拼命的。

### ★ 光说不练[①]是嘴把式[②]，光练不说是傻把式。

【注释】①练：演练。②嘴把式：比喻只会嘴上说而不付诸实际行动的人。

【简析】比喻只说不干或只干不说都不好。

### ★ 光头圆脑袋不一定都是和尚。

【简析】比喻凡事不能只从表面上看问题。

### ★ 光阴好似东流水，只能流去不流回。

【简析】比喻光阴一去不复返。此谚语常用于劝人珍惜时光。

## ★ 光阴似箭，日月如梭[①]。

【注释】①梭：织布机上牵引纬线的机件。织布时，梭子往返很快。

【简析】形容时间过得飞快。这是旧时中小学生作文开头时非常喜欢用的一句话，而今天说时间飞速用这句谚语形容已经不够了。

## ★ 龟背潮，有雨兆[①]。

【注释】①兆：征兆。

【简析】龟背潮湿，天将要下雨。

## ★ 闺女是妈的贴身小棉袄儿。

【简析】比喻女儿跟母亲最亲，最关心母亲。

## ★ 贵[①]的不贵，贱[②]的不贱。

【注释】①贵：物品售价高。②贱：物品售价低。

【简析】常言说，一分钱一分货。同类商品，价位高的往往质量也好，使用的时间也长；价位低的往往质量也差，使用的时间也短。

## ★ 贵人不顶重发。

【简析】旧时，迷信认为头发多了“压运”，影响好运的到来。实际上，头发太长会使人显得肋脦（lēte）、不精神。

★ 棍棒出孝子，娇惯养逆儿。

【简析】用棍棒管教孩子，可以教育出孝子；过于娇惯，就可能养出不孝的子孙。今天，人们已认识到管教孩子不能靠打，得靠说服教育和引导。

★ 锅里有，碗里才有。

【简析】比喻集体富裕了，个人才能富裕，强调个人要依靠集体。这是合作化、集体化时期常说的话，用于教育农民要热爱集体。

★ 国民党税多，八路军会多。

【简析】此谚语产生、流行于20世纪50年代初期。当时，新中国成立不久，税制尚不健全，相对于国民党统治时期来说税的种类极少，但各种各样的会议确实比较多。所以有此谚语。

★ 国破家必亡。

★ 国不可以一日无君，家不可以一日无主。

【简析】一个国家，一天也不能没有领导人；一个家庭，一天也不能没有当家人。

★ 国有国法，家有家规。

★ 过河的小卒儿当车①使。

【注释】①车（jū）：象棋棋子的一种。

【简析】“卒”与“车”都是象棋的一种子儿。比喻小人物也能办大事、起大作用。

### ☆ 过了冬[1]，一天长[2]一葱。

【注释】①冬：冬天。②长（cháng）：长长。

### ☆ 过了芒种[1]，不可强种。

【注释】①芒种：二十四节气之一，在6月6日前后。

【简析】大田作物应该在芒种节气以前播种完毕，芒种节气以后就不宜播种了。

### ☆ 过了清明冷十天。

【简析】也说“清明过后冷十天”“清明过后十天寒”。

# H

☆ 蛤蟆[1]呱呱叫，大雨就来到。

【注释】①蛤蟆（háma）：青蛙和蟾蜍的统称。多数情况指青蛙。

☆ 孩子是自己的好，老婆是人家的好。

【简析】人都喜欢自己的孩子，自己的孩子有什么不好看不见，自己的孩子跟别的孩子打架通常要偏袒自己的孩子；而媳妇儿呢，却常常觉得别人的比自己的强。

☆ 孩子是自己的好，庄稼是人家的好。

【简析】同“孩子是自己的好，老婆是人家的好”。大概是因为使用环境不同，城市人习惯说“孩子是自己的好，老婆是人家的好”，农村人习惯说“孩子是自己的好，庄稼是人家的好”。

☆ 害人如害己。

【简析】坑害别人如同坑害自己一样。

☆ 寒从脚下起，火从头上生。

【简析】此谚语是说冬季要做好脚的保暖工作。

☆ 旱出谣言，涝出鱼。

【简析】天久旱不雨，种不上庄稼，收成无望，人心就会浮动不稳，社会上就会出现各种谣言。洪涝泛滥以后，河湖、沟渠、低洼处变得水很多，鱼也就多起来了。

☆ 旱刮东风不下雨，涝刮东风天不晴。

☆ 旱蔫喽，涝①欢喽。

【注释】①涝：此处指雨水儿勤。
【简析】庄稼遇到干旱就打蔫儿，遇到雨水儿勤就疯长。

☆ 旱耪①田，涝浇园。

【注释】①耪（pǎng）：动词。锄。
【简析】干旱时锄地，地表锄破后可以缓解地向里干，达到深层保墒作用；涝的时候浇园，可以用井水冲掉雨水中的盐碱成分，有利于蔬菜生长。

☆ 旱收芝麻，涝收豆。

【简析】芝麻怕涝不怕旱，因为它在生长中需要的水分很少；豆类怕旱不怕涝，生长中需要的水分很多。

### ☆ 旱一大片，涝一条线。

【简析】旱灾受灾的面积大，影响的范围广，常常是赤地千里；涝灾受灾的面积一般较小，经常是泛滥河流的一侧或雨水积存形成洪涝的某个地域。

### ☆ 行①行出状元②，累累③有高低。

【注释】①行：行业。②状元：科举时代指殿试一甲第一名。比喻在本行业中业绩最好或成就最高的人。③累累（léiléi）：形容加在一起很多。

【简析】此谚语是说各行各业中都有佼佼者，各行各业的人都有水平高低的不同。

### ☆ 行家①看门道②，力巴③看热闹儿。

【注释】①行家（hángjia）：内行人。②门道（méndao）：门路，内中的真功夫。③力巴（lìba）：外行人。

【简析】也说“内行看门道，外行看热闹儿”。内行的人看真功夫，外行的人只看表面怎么样。

### ☆ 好吃不过饺子，厉害不过嫂子。

【简析】最好吃的是饺子，最厉害的是嫂子。这是小姑子说的话。在家庭关系中，除了婆媳关系，就数姑嫂矛盾多。小姑子常常站在母亲一边，说嫂子这也不好，那也不好。事实上，在封建时代或封建思想严重的家庭，做媳妇儿的既常常受婆婆的气，也常常受小姑子的气，根本没有嫂子对小姑子厉害的份儿。

## ★ 好吃不过饺子，舒服不过倒着①。

【注释】①倒着（dǎozhe）：这里指躺卧。
【简析】饺子最好吃，躺着休息最舒服。这是懒人说的话。

## ★ 好儿不吃分家饭，好女不穿陪嫁衣。

【简析】有志气的男人，应该自己努力奋斗，创造财富，不应该靠父母留下的财产生活；陪嫁衣是父母在女儿结婚时表示的心意，也为了显示女儿嫁得风光，而女儿结婚以后应该让陪嫁衣压箱底作纪念，如果在日常生活中需要穿陪嫁衣了，则说明日子已经相当拮据了，并没有跟丈夫一起把日子过好。

## ★ 好钢用在刀刃儿上。

【简析】比喻重要的人力、物力应该用在关键的时刻，重要的地方。

## ★ 好狗不挡道①，挡道不是好狗。

【注释】①挡道：待在道路中间妨碍他人通行。
【简析】此谚语是对妨碍别人通行的人的骂人语。

## ★ 好过的年，歹过的春。

【简析】穷人过年容易，吃好吃赖几天就过去；穷人要度过青黄不接的春天，就没那么容易了。

## ☆ 好汉[1]不吃眼前亏。

【注释】①好汉：勇敢坚强或有作为的男子。

【简析】比喻当出现对自己不利的情况时，不能死守一个原则，不能硬拼，要懂得退让，以免当前受到伤害。在生活中，即使是好汉，也不能时时强硬，处处强硬。

## ☆ 好汉不提当年[1]勇。

【注释】①当年（dāngnián）：过去的某个时间。

【简析】总是说自己当年如何能干，如何业绩辉煌，实际上就说明现在不行了，没什么可说了，也不再是好汉了。

## ☆ 好汉护三村，好狗护三邻。

【简析】好汉是知道帮助邻里乡亲的。

## ☆ 好汉架不住[1]三泡[2]屎。

【注释】①架不住：禁受不住。②泡（pāo）：屎尿量词。

【简析】同“壮汉架不住三泡稀”。

## ☆ 好汉没好妻，赖汉娶花枝儿。

【简析】体貌和本领出众的男子常常找不到理想的妻子，体貌和本领很差的人倒常常找到如花似玉的妻子。

★ 好汉子瞒不住陈[1]街坊。

【注释】①陈：老。

【简析】家里每个人人品怎么样，平时表现得怎么样，老街坊会知道得清清楚楚。此谚语用于家庭内部起纷争时说。

★ 好汉做事[1]好汉当。

【注释】①做事：此处指惹下事端。

【简析】一个好男人若惹下事端，应该用于承担责任，不应该推诿。

★ 好花不常开，好景不长在。

【简析】指美好的事物难以长久。

★ 好话不背人，背人没好话。

【简析】这是就通常情况说的。有时，俩人说的属于私密话，不愿意让别人听到，但不一定是坏话。

★ 好货不便宜，便宜没好货。

【简析】这是就一般情况说的，是为了告诫人们买东西的时候不要一味地贪便宜。

★ 好货不如好行市。

【简析】遇到了好行市，次货也能卖到好货的价钱。

★ 好借好还，再借不难。

【简析】借别人的钱或物应该及时归还，如果不守信用拖延不还，下次就不好借了。

★ 好酒不怕巷子[1]深。

【注释】①巷子：小胡同儿。

【简析】比喻货物好，即使在极偏僻的地方设店售卖，顾客也会纷纷前来购买。

★ 好赖是儿，薄沙是地。

【简析】甭管儿子好赖，但关键时刻指得上，而别人谁也不行；即使是贫瘠的沙地也能打些粮食，总比地无一垄好。

★ 好马不吃回头草，好女不穿嫁时衣。

【简析】比喻有志气的人不走回头路。女子穿嫁时衣，说明日子窘困，给自己买不起新衣服；或婆家待自己不好，不给自己添置衣服。

★ 好马不鞴双鞍，烈女[1]不嫁二夫。

【注释】①烈女：封建时代指刚正有节操的女子。

【简析】这是旧时的一种封建礼教，是对女人在婚姻问题上的一种违反人性的束缚。

☆ 好马配好鞍。

【简析】比喻什么水平的人配备什么水平的助手。

☆ 好男不跟女斗，好鸡不跟狗斗。

【简析】此谚语是说男人不应该跟女人争斗。这是封建时代流传下来的一句轻视女人的谚语。

☆ 好人不长寿，祸害活千年。

【简析】这是一句流行很广却不甚科学的谚语。表达了对早逝的好人的一种惋惜之情，对坏人活在世上的一种憎恶之感。

☆ 好人不当兵，好铁不碾钉。

【简析】在募兵制时代，招来的兵多是地痞、流氓、输光的赌徒、无业流浪汉等不肯付辛苦、卖苦力的人。所以有此谚语。

☆ 好事不出门，赖事传千里。

【简析】好事，人们一般没有兴趣传扬；坏事，人们特别喜欢传扬，并且很快就能够传播得很远。

☆ 好死不如赖活着。

【简析】即使万分艰难地生活，凑合活着也比死掉好。因为对于任何人来说，生命都只有一次。

★ 好鞋不踩臭狗屎。

【简析】比喻好人不涉足纠结太多、容易引起烦恼或麻烦的事。

★ 浩瀚海洋，源于细小溪流；伟大成就，来自艰苦劳动。（满）

★ 喝了白露水儿，蚊子钢钢嘴儿。

【简析】到了白露节气，蚊子已经咬不疼人了。

★ 和尚无儿孝子多。

【简析】比喻平常多为别人做好事、做善事的人，就会得到他人更多的关照与帮助。

★ 河边栽柳，道边栽杨。

【简析】柳树喜湿，适宜在河边、湖边栽种；杨树耐旱，适宜在路边栽种。

★ 河边儿无青草，不用多嘴儿驴。

【简析】骂人不要多嘴。

☆ 河干石头在。

☆ 河里没鱼市上瞧。

【简析】河里即使逮不着鱼，集市上也会有很多卖鱼的。意思是，此类东西虽然不多，但集中在一起就显得多了。

☆ 黑的白不了，白的黑不了。

【简析】比喻事实不容改变、不容歪曲。

☆ 黑泥白水紫花[①]道[②]。

【注释】①紫花：淡赭色。②道：道路。

【简析】此谚语为夜间走路辨别道路好坏的知识。如果夜间走陌生的土路，颜色发黑的地方是泥，发白的地方是水，紫花的地方是可以走的地方。

☆ 黑夜下雨白日晴，累死老长工。

【简析】这是旧社会终年给人家扛长活的人所说的谚语。因为旧时长工除了过年休息五六天以外，平时没有休息日，只有盼下雨天（雨工儿）休息休息。

☆ 横的怕愣的，愣的怕不要命的。

☆ 红花儿还得绿叶儿配。

【简析】比喻一个人的本事再大、再能干、再优秀，也离不开别人的配合、帮衬。

### ☆ 红配绿，算狗屁。

【简析】此谚语为女性着装谚语。意思是，红颜色与绿颜色不搭配。

### ☆ 后娘的指头，六月的日头。

【简析】同“六月的日头，后娘的拳头”。

### ☆ 虎毒不食子。

【简析】比喻人不应该伤害自己的儿女。

### ☆ 虎生犹可近，人毒不堪亲。

【简析】狠毒的人比老虎还可怕。此谚语是启蒙读物中传下来的。

### ☆ 花开花谢年年有，人过青春没少年。

【简析】此谚语告诉人们应该珍惜青春年少的大好时光。

### ☆ 花有重开日，人无再少年。

【简析】比喻青春一去不复返，应该珍惜年少时光。

☆ 话不说不明，木不钻不透，砂锅不打一辈子不漏。

【简析】用于说有什么事情应该当面儿说清楚，免得造成误会与隔阂。

☆ 患难夫妻恩爱多。

【简析】在患难中，夫妻需要互相帮助、互相扶持，因此也就更懂得恩爱。

☆ 皇帝的女儿不愁嫁。

【简析】比喻好东西早晚得卖出去，有本事的人早晚得找到好工作。

☆ 皇上没福民遭难。

【简析】旧时，有一种思想认为百姓之所以遭遇天灾人祸，是因为当朝皇帝没有福气造成的。

☆ 皇天不负有心人。

【简析】形容只要肯用心下功夫、肯坚持，就一定会获得成功。

☆ 黄金未为贵，安乐值钱多。

【简析】黄金并不可贵，生活中安安乐乐才是最可贵的。

## ★ 黄金有价，情无价。

【简析】此谚语是说人间情义的宝贵。

## ★ 黄泉路[①]，没老少。

【注释】①黄泉路：去阴间的道路。

【简析】此谚语是说人的死亡没有年龄限制，不管哪个年龄的人都有死去的可能。

## ★ 黄鼬[①]养的孩子是香的，刺猬养的孩子是光的。

【注释】①黄鼬（huángyou）：黄鼠狼。

【简析】比喻自己看自己的孩子哪儿都好。

## ★ 会当儿子的两头儿瞒，不会当儿子的两头儿传。

【简析】此谚语是说男子结婚以后要协调好母亲和妻子之间的关系，不管是母亲说的对儿媳不满的话，还是妻子说的对婆婆不满的话，都不要转述给对方，以免不利于婆媳关系。婆媳能搞好关系，儿子在这当中起着很大的作用。

## ★ 会哭的孩子有奶吃。

【简析】比喻为了自己的利益善于大喊大叫、吵吵闹闹的人容易占到便宜。

☆ 会买的不如会卖的，会说的不如会听的。

【简析】此谚语是说口才再好，说得再圆全，也掩盖不了事实真相，听的人总是会听出谁对谁错和是非曲直。

☆ 会念不会写，一辈子干受瘪①。

【注释】①受瘪（biě）：受窘；陷于困难、尴尬的境地。

【简析】汉字只做到认识还不行，还必须做到会写。只有既认识又会写，才能得以真正运用。

☆ 会者不难，难者不会。

【简析】会的人就不觉得难，觉得难的人是因为不会。

☆ 荤叔公①，素大伯子②。

【注释】①叔公：此处指丈夫的弟弟。②大伯子（dàbāizi）：丈夫的哥哥。

【简析】民间习俗，小叔子跟嫂子可以说笑嬉闹，大伯子在弟媳面前就必须庄重严肃，不能随意开玩笑。

☆ 活到老，学到老，九十九岁还学巧。

☆ 活到老，学到老；学到老，学不了①。

【注释】①了（liǎo）：完。

【简析】此谚语是说学习是无止境的，人的一生都是学习过程，活到什么时候都有不懂得的东西。这就是为什么现代社会有“终身教育”的缘故。

## ☆ 火大没湿柴。

【简析】火势燃烧得旺盛时，潮湿的柴火放在上面也可以燃烧。

## ☆ 货比货，比不过；人比人，气死人。

【简析】货物有好坏之分，人的水平有高低之别，这是客观的现实，不承认不行。此谚语的后半句常单用。

## ☆ 货高价出头。

【简析】货物好，卖得就贵。

## ☆ 货换货，两头儿乐[①]。

【注释】①乐：高兴。
【简析】用东西换东西，双方都满意。

## ☆ 货卖一张皮。

【简析】指货物出售时的包装很重要。

# J

☆ 饥[1]不择[2]食，寒[3]不择衣，慌不择路，贫不择妻。

【注释】①饥：饿。②择：挑选。③寒：冷。

【简析】指人在困境时急于满足所需，来不及或没有条件选择。

☆ 鸡不入窝，阴雨来。

【简析】天黑了，鸡依然不愿上窝，这是将要下雨的征兆。

☆ 鸡吃骨头，兔儿吃血。

【简析】吃鸡肉的时候，遇到的骨头多；吃兔子肉的时候，遇到的骨头少，但遇到的血却很多。

☆ 鸡没笼头，狗没圈。

【简析】旧时，民间养鸡、养狗习惯上让其随意走动而不加约束。

☆ 鸡儿，鸡儿，二十一儿。

【简析】用鸡蛋孵小鸡儿需用二十一天的时间。

☆ 鸡肥不下蛋。

☆ 鸡孵[1]鸡，二十一；鸡孵鸭，二十八；鸡孵鹅，二十得[2]。

【注释】①孵：鸟类伏在卵上，用体温使卵内的胚胎发育成雏鸟。②得：完成；成功。

☆ 鸡冷上树，鸭冷下水。

☆ 鸡在高处鸣，久雨天要晴。

【简析】鸡在雨后到墙上或树上去引颈鸣叫，说明马上要晴天了。

☆ 吉人[1]自有天相[2]。

【注释】①吉人：有福气的人，命运好的人。②相：辅助；保佑。

【简析】多用作他人遇到危难时的宽慰语或逢凶化吉后的祝贺语。

☆ 急雨易晴，慢雨难晴。

【简析】暴风骤雨都是一阵子的事，淅淅沥沥的小雨却总要下很长时间。

☆ 计划赶不上变化。

【简析】形容政策变化太快，刚刚按照原来的政策制订好执行计划，还没来得及实行又该修改了。

☆ 既在河边儿站，就有望海心。

【简析】比喻既然对某件事情感兴趣，就是有要做某件事情的心思。

☆ 家财万贯，不如一技在身。

【简析】家财万贯，有时可能毁于一旦；一技在身，不管遇到什么变故，或是走到什么地方，都可以凭所掌握的一技之长谋生。

☆ 家常饭，粗布衣，知冷知热自己的妻。

☆ 家丑①不可外扬②。

【注释】①家丑：家中不好的事情。②扬：传扬。

☆ 家和万事兴。

【简析】这是当下人们经常说的一句话。此谚语是说过日子一家和和气气的很重要。

## ☆ 家家有本儿难念的经。

【简析】每个家庭都有烦心的事，都有难于处理、难于解决的麻烦事。

## ☆ 家贫出孝子，国难显忠臣。

【简析】家贫出孝子是一般的规律，国家有难的时候会真正地显示出哪个大臣最忠于国家。

## ☆ 家有二斗粗糠①，不当小孩儿王②。

【注释】①二斗粗糠：形容一点点生活指望。②小孩儿王：孩子头儿。此处是对小学老师的蔑称。

【简析】旧时，私塾及之后的初小都是一个老师教一帮孩子。孩子幼小，似懂事非懂事，不好管教，经常惹老师生气，所以但凡有一分之路都一般不会去教孩童（当孩子头儿——小孩儿王）。这是曾在乡间广泛流行的一句谚语，现在情况已根本改变。

## ☆ 家有良田千顷①，不如薄技②在身。

【注释】①顷：农田面积单位。100 亩为 1 顷。②薄技：水平不高的技艺。

## ☆ 家有千口①，主事②一人。

【注释】①千口：指一千口人。形容人多。②主事：掌管事情。此处指当家。

【简析】泛指一个集体或单位成员再多也得有一个主事的。

## ☆ 嫁出去的女，泼出去的水。

【简析】旧俗认为，女儿嫁出去就是人家的人了，就应该跟人家好好儿过日子，娘家就不管了。

## ☆ 嫁汉①，嫁汉，穿衣吃饭。

【注释】①汉：指汉子。此处指男子或丈夫。

【简析】旧时，妇女社会地位低下，不能自食其力，结婚以后只能依附丈夫靠男人养活。此谚语反映了当时的这种情况。

## ☆ 嫁鸡随鸡，嫁狗随狗，嫁个扁担抱着走。

【简析】比喻女子出嫁后，甭管丈夫好坏都要好好儿跟他生活下去。这是封建礼教对女人的要求。

## ☆ 奸①出人命②，赌③出贼。

【注释】①奸：淫乱。②人命：此处指杀人或自杀案件。③赌：赌博。

【简析】男女有不正当的性关系就容易引出人命案，赌博成瘾、钱财输光就容易去做贼、干偷盗的事。

## ☆ 见怪不怪，其怪自败。

【简析】看到怪异的人和事不要理睬它，它也就等于不存在了。

## ☆ 见面儿，分一半儿。

【简析】此谚语是说别人得到意外的好处时，自己若在场就应该分给自己一半儿。多用于别人捡到钱物时。现在，捡到东西应该归还原主，或交到有关部门；昧人钱物，既有失公德，又违反法律。

## ☆ 间苗①要早，定苗②要小。

【注释】①间苗（jiànmiáo）：为了有利于禾苗生长，隔一定距离拔去一些禾苗。②定苗：锄去多余的幼苗，留下适宜生长的幼苗。

【简析】农作物谷子、糜黍等的间苗，高粱、玉米、芝麻等的定苗都要早。

## ☆ 荐卜不荐医。

【简析】旧俗认为，可以给别人推荐占卜的人，不能给别人推荐大夫，推荐大夫会被认为不吉利。

## ☆ 江山易改，秉性难移。

【简析】一个人的脾气、秉性大部分是由上辈的遗传因素决定的，先天成分很多，不容易改变。多用于说某个人的坏毛病很难改掉。

## ☆ 姜是老的辣，酒是陈的香。

【简析】比喻人越老阅历越广，经验越丰富，办事越有办法；酒放得时间越久，味道越香醇。此谚语的前半句常单用。

## ☆ 交人交心，浇树浇根。

【简析】比喻交朋友要讲究真诚。

## ☆ 交友莫交财[①]，交财两不来。

【注释】①交财：发生经济关系。

【简析】也说“亲戚莫交财，交财两不来”。此谚语指朋友间不要发生大的经济关系，若发生大的经济关系就容易闹别扭，以致断绝来往。

## ☆ 浇花要浇根，养生[①]要养心[②]。

【注释】①养生：保养身体。②养心：保养心性。

【简析】这是传统医学观点。古人非常重视调节心性，认为心性的好坏决定一个人的健康状况。所以故宫有“养心殿”，许多士大夫家有“养心斋”。

## ☆ 娇女儿泪多，新媳妇儿屁多。

【简析】女孩儿养得娇，就容易娇气，遇事容易哭天抹泪儿。新媳妇儿初到婆家，不敢随意放屁，屁得一点点零放，所以就显得屁多。

### ☆ 娇头生儿[1]，惯老生儿[2]，当不间儿[3]的打补丁儿。

【注释】①头生儿：第一胎所生的孩子，即老大。②老生儿：最后一胎所生的孩子。③当不间儿（dāngbujiànr）：中间儿。

【简析】父母养孩子都是对两头儿的娇惯，对中间儿的往往不十分在意或上心。

### ☆ 娇养儿，没后程[1]。

【注释】①后程：好的前途或结果。

【简析】儿子养得娇，就容易好吃懒做、缺乏抱负，最后一事无成，甚至走上堕落的道路。

### ☆ 教会徒弟，饿死师傅。

【简析】教徒弟掌握了某种技艺，师傅就可能没有活儿做了，因而失掉了收入来源。因此，旧社会很多手艺人都保守技艺秘密，不愿意把手艺毫无保留地传授给徒弟。

### ☆ 教子不离书，种地不离猪。

【简析】传统认为，读书可以增加人的知识，提高人的修养，“诗书继世长”；种地就要多积肥，而猪的圈肥仅次于人的粪肥，是很好的肥料。

### ☆ 饺子就[1]酒，越喝越有[2]。

【注释】①就：佐以。②有：富有；有钱。

【简析】用于朋友聚餐时说吃饺子也可以喝酒。

## ★ 脚上没鞋，穷半截。

【简析】此谚语是说你即使上身、下身穿得很体面，如果鞋子破旧，也显得“穷了半截”，好衣服必须配好鞋。常用于提醒即将做客或赴宴的人。

## ★ 脚正不怕鞋歪。

【简析】比喻只要行为端正，就不怕别人说三道四、胡乱猜疑。

## ★ 疖子①熟了②就得挤。

【注释】①疖子（jiēzi）：皮肤上长的小疮，红肿，化脓，疼痛。②熟了：指已经化脓。

【简析】比喻矛盾发展到了一定程度就得解决。

## ★ 结有德之朋，绝无义之友。

【简析】此谚语是说应该跟有情有义、道德高尚的人交朋友。

## ★ 隔①道儿不下雨，百里不同俗。

【注释】①隔：北京方言念 jiē。

【简析】隔着一条路，路这边儿下雨，路那边儿就可能不下雨；相距超过百里，人们的风俗习惯就会不同。

☆ 隔行如隔山。

【简析】比喻这个行业的人不了解另一个行业的情况。

☆ 隔河不下雨，十里地改规矩。

【简析】此谚语是说十里地以外的风俗习惯已经有所不同。

☆ 节气不等人，一刻值千金。

【简析】此谚语是说耕种不要错过农时。

☆ 节气不饶人。

【简析】节气的更替不以人的意志为转移，每个节气有每个节气的天候，人们在生产、生活上应该主动适应这种天候的变化。

☆ 借着好，要着恼。

【简析】当你借给别人钱物的时候，他拿到钱物一定是高高兴兴的；当别人到期不还的时候，你向他讨要而他常常是不高兴的。

☆ 今儿个①火烧云②，明儿③晒死人④。

【注释】①今儿个：今日，今天。②火烧云：天空中出现的红霞。一般在日西斜的下午。③明儿：明日，明天。④晒死人（shàisi rén）：形容天气极其炎热。

【简析】天上出现火烧云，次日必然是个炎热的大晴天。

## ☆ 金窝，银窝，不如自己的狗窝。

【简析】比喻别人提供的住所再好也不如住自己的住所好。

## ☆ 紧[1]打酒，慢打油。

【注释】①紧：快。

【简析】这是小生意人总结出来的一条谚语。用提打酒，打得越快，打上来的越少；用提打油，打得越慢，回流下滴得越多。

## ☆ 紧锅粥，慢锅肉。

【简析】熬粥需要大火快熬，粥才黏稠好吃；炖肉需要小火儿慢炖，肉才入味儿。

## ☆ 近人不说远话。

【简析】此谚语是说在关系近密的人面前不说客气话。

## ☆ 近朱者赤，近墨者黑。

【简析】此谚语是说环境对人有重大影响。人应该近贤者，远离不贤者。

## ★ 京城七月天，变化孩儿脸。

【简析】此谚语是说北京七月的天气变化快，一股云彩上来说下雨就下雨。

## ★ 经一事，长一智。

【简析】经历过一件事情，就增长一次知识，得到一次经验教训。

## ★ 惊蛰[①]不耕地，待不了三五日。

【注释】①惊蛰：二十四节气之一，在3月5日、6日或7日。

【简析】此谚语是说到惊蛰节气时封冻的农田就解冻了。

## ★ 惊蛰刮北风，从头儿另[①]过冬。

【注释】①另：重新。

【简析】在北京地区，惊蛰已经大地解冻，天气变暖。这时，如果再刮北风，气温就会骤然下降，天气也会变冷，就好像冬天又来了一样。所以说，惊蛰是乍暖还寒的时节。

## ★ 井淘三遍吃甜水。

【简析】吃水的井要经常淘，把井底的污泥、脏物都弄出来，这样水才干净好吃。

☆ 九九阴，一冬温。

【简析】旧俗认为，农历九月九日重阳节那天如果是阴天，整个冬天就会暖和。

☆ 九门十座庙，一庙无神道。

【简析】北京内城的八座门（东直门、西直门、朝阳门、阜成门、崇文门、宣武门、德胜门、安定门）各建有一座庙，唯独正阳门内建有两座庙，所以有“九门十座庙”之说。朝阳门的关帝庙里只有神牌而没有神像，“一庙无神道”的“一庙”即指此庙。

☆ 九天一九，十天一伏。

【简析】数九以后，每九天为一个九；入伏以后，每十天为一个伏。

☆ 九月九，猪羊满地①走。

【注释】①满地：此处指到处。

【简析】到农历九月九日的时候，大田里的农作物已经收割完毕，这时农田里可以随意放猪羊了。

☆ 久别胜①新婚。

【注释】①胜：胜过。

【简析】夫妻分别时间长了再相见，比刚结婚时还要亲热。

★ 久病成良医。

【简析】病的时间长了，对药理、药性就有了更多了解，就知道什么病该用什么药，不该用什么药，怎样用药，怎样保养、康复等，也就跟一个优秀大夫差不多了。

★ 久病床前无孝子。

【简析】久病卧床是拖累人的事，再孝顺的子女一旦伺候时间长了也容易腻烦。

★ 久雨雷鸣，不久天晴。

★ 久雨闻鸟声，不久就天晴。

★ 酒逢知己千杯少，话不投机半句多。

【简析】遇到知心人在一起喝酒，喝多少也喝不够；与意见不合的人在一起，半句话也不愿意说。

★ 酒后吐真言。

★ 酒乱性，色迷人。

★ 酒要少吃，事要多知。

【简析】酒喝得多了，容易伤身，容易误事，所以喝酒应该有度，应该控制量。现代医学认为，每天少量饮酒，特别是红酒，有利于人的血管扩张，促进血液循环，对身体健康有利，但切忌饮酒成瘾。

☆ 旧的不去，新的不来。

【简析】旧的东西不损坏或丢失，就舍不得添置新的。此谚语常用作损坏或丢失东西以后对别人的宽慰语或自慰语。

☆ 救场①如救火。

【注释】①救场：戏剧演出时，由于演员临时生病或其他原因不能演出，别的演员及时顶替上场。

【简析】此谚语说明戏剧演出时救场的重要性。

☆ 救急不救穷。

【简析】有急难之事需要钱，别人可以帮助解决；如果常年穷困，那么谁也帮助不了，应该自己想办法摆脱贫穷的状况。这是过去的认识，现在情况已经有了根本性的变化。

☆ 救人救到底，帮人帮到家。

☆ 锯倒的树不会有半片绿叶，重复的话不会有半点儿滋味。（满）

☆ 君子爱财，取之有道。

☆ 君子成人之美。

【简析】君子会成全别人的好事。

☆ 君子动口不动手。

【简析】君子跟别人发生争执的时候，只用嘴讲道理，争取以理服人，而不靠武力服人。

☆ 君子防未然。

【简析】聪明的人应该懂得事情要防患于未然。

☆ 君子一言，快马一鞭。

【简析】此谚语是说有道德修养的人应该说话干脆痛快、说话算数，处事应该果断。

# K

☆ 开弓没有回头箭。

【简析】比喻事情一旦做起来就只能继续做下去了，不能中途停止、半途而废，或再走回头路了。

☆ 砍的不如旋[1]的圆。

【注释】①旋（xuàn）：用刀转着圈儿地削或用车床切削。
【简析】比喻胡编瞎话比不过真实的事实，怎么说也不会圆全。

☆ 看菜吃饭，量体裁衣。

【简析】比喻做事要根据自己的实际情况决定怎么办，不可不自量力地盲目行事。

☆ 看花儿容易绣花儿难。

☆ 看景不如听景。

【简析】听人介绍某处风景很美，环境很漂亮，实地去看往往觉得并不如此，而这往往跟人的审美能力及游览时的心情有关。

☆ 看看不要[1]，不算打唠[2]。

【注释】①不要：不买。②打唠（dǎlào）：只是讨价还价，并无真意购买。

【简析】此谚语是说看后不买是惯常的事。

☆ 看事容易，做事难。

【简析】事情看起来容易做，真正做起来就不容易了。

☆ 靠山吃山，靠海吃海。

【简析】比喻依靠就近的自然地理优势安排生产、生活。

☆ 渴不死的东城，饿不死的西城。

【简析】过去，北京东城人见面儿打招呼总是问“您喝了吗？”，西城人见面儿打招呼总是问“您吃了吗？”。所以有此谚语。

☆ 客大欺行，行大欺货。

☆ 骒马上不了阵[1]。

【注释】①阵：战场。

【简析】比喻女子不能出入交际场合，做不了大事。这是封建时代对女性的歧视性说法。

## ★ 快刀难断东流水，天涯难隔故乡情。

【简析】旧时，远离家乡出外谋生不易，会遇到各种各样的困难，经常需要老乡帮助，所以外出谋生者都非常看重乡情。

## ★ 捆绑不成夫妻。

【简析】婚姻必须坚持自愿结合，勉强不得，强迫不得。

# L

## ☆ 腊七儿腊八儿，冻死寒鸦儿①。

【注释】①寒鸦儿：也叫小山老鸹。一种体形甚小的鸟。

【简析】此谚语是说农历腊八儿节时天气极为寒冷。

## ☆ 腊七儿腊八儿，冻死两家儿。

【简析】同“腊七儿腊八儿，冻死寒鸦儿”。

## ☆ 腊七儿腊八儿，冻死傻三儿。

【简析】同“腊七儿腊八儿，冻死寒鸦儿”。

## ☆ 腊月水土贵三分。

## ☆ 来得不明，去得马虎儿。

【简析】比喻不明不白得来的财物就会不知不觉地失去。

## ☆ 癞狗扶不上墙。

【简析】比喻人如果不要强，没有上进心，任何人的帮助都起不了作用。

## ☆ 懒驴上磨屎尿多。

【简析】讥讽人不干活儿时什么事情也没有，一说要干活儿就这事那事都来了。

## ☆ 狼怕圈，虎怕鞭。

【简析】旧时，在北京地区，秋收后西山上的狼常常结群下山觅食，叼走农民圈中的猪羊。据说狼怕圆圈儿，农民们为了吓跑狼群，就在村墙、房墙、圈墙上用石灰水画很多白圆圈儿。还有，虎怕鞭也只是传说，因为北京地区早就见不到华北虎了。

## ☆ 狼行千里总吃肉，狗行千里总吃屎。

【简析】比喻有本事、有能力的人到哪儿都能生活得好，没本事、没能力的人到哪儿都是受苦。

## ☆ 浪子①回头②金不换③。

【注释】①浪子：指不务正业的男青年。②回头：比喻改邪归正。③金不换：比喻极其可贵。

【简析】此谚语是说不务正业的人能够改过自新是极为可

贵的。

### ☆ 老不看《三国》，少不看《水浒》。

【简析】老年人看了《三国演义》后容易变得奸诈，年轻人看了《水浒传》后容易变得爱冲动、好打架。

### ☆ 老不看《三国》，少不看《西游》。

【简析】老年人看了《三国演义》后容易变得奸诈，年轻人看了《西游记》后容易变得假话、空话连篇。

### ☆ 老虎也有打盹儿时。

【简析】比喻本事再大、能力再强的人也难免一时疏忽、大意。

### ☆ 老将出马，一个顶俩。

【简析】老年人生活阅历广、经验丰富，出面处理棘手的问题往往一个人顶得上两个一般人。

### ☆ 老了不打卖馄饨的。

【简析】人老了以后，一般牙口儿不好，咬不动烧饼、火烧等，吃馄饨最方便，因此馄饨最受老年人欢迎。所以有此谚语。

★ 老怕瘩背[①]，少怕痨[②]。

【注释】①瘩背（dábei）：长在背上的痈。②痨：痨病。旧时多指肺结核。

★ 老怕伤寒[①]，少怕痨。

【注释】①伤寒：通常指身体发热、恶寒无汗、头痛、脖颈子发硬等症状的病。

★ 老怕丧子，中怕丧妻，幼怕丧父。

【简析】此谚语说的是人们常说的“人生三大不幸”。

★ 老天爷饿不死瞎家雀儿。

【简析】比喻天无绝人之路，人再无本事也能找到办法活下去。

★ 老乡见老乡，两眼泪汪汪。

【简析】旧时，由于交通不便，人员流动少，出外谋生的人见到老乡极不容易，往往一见面是既高兴又激动，常常要各自倾诉自己所受到的苦处，所以见面时总是悲喜交加、热泪盈眶。

★ 涝不死的黄瓜，旱不死的葱。

## ☆ 雷听八百，闪照一千。

【简析】打雷发出的响声可以听八百里地远，打闪电发出的光亮可以照到一千里地远。此谚语是说光比声传播得远。

## ☆ 雷阵雨，三后上①。

【注释】①后上（hòushang）：晚上。

【简析】在北京地区，如果夏天某天傍晚下雷阵雨，接下来的几个晚上还可能下雷阵雨。因为在东北地区形成的冷湿气流向西南方向的北京上空流动得是比较缓慢的，等到北京上空与来自南方的暖气团相遇后，就形成了雷阵雨。

## ☆ 冷尿①热屁穷撒谎。

【注释】①尿（suī）：在北京地区的方言中，“尿”作动词时念 niào，作名词时念 suī。

【简析】天冷尿多是实情，屁多跟消化不良有关，而撒谎属人的品质，跟穷富没有必然关系。

## ☆ 冷笑热哈哈，心眼儿有八十八。

【简析】见面虚情假意笑的人，往往是城府深、不好打交道的人。

## ☆ 冷在三九，热在中伏。

【简析】一年中最冷的时候是三九天气，最热的时候是中伏天气。

## ☆ 礼多人不怪。

【简析】此谚语是指在礼节方面没有多余或过头的问题，对方是不会责怪礼数多的人的。

## ☆ 里九外七皇城四。

【简析】以前，北京内城有九座城门，分别是东直门、西直门、朝阳门、阜成门、崇文门、宣武门、德胜门、安定门、正阳门；外城有七座城门，分别是广渠门、广安门、左安门、右安门、东便门、西便门、永定门；皇城有四座城门，分别是大清门、地安门、东安门、西安门。常用此泛指整个北京城。

## ☆ 立冬①不砍菜，冻了你别怪。

【注释】①立冬：二十四节气之一，在 11 月 7 日或 8 日。

【简析】立冬是收大白菜的节气。

## ☆ 立了秋①，把扇儿丢②。

【注释】①立秋：二十四节气之一，在 8 月 7 日、8 日或 9 日。②丢：丢下，放在一旁。

## ☆ 立了夏，把扇儿架①。

【注释】①架：拿起来，放在手中。

☆ 立秋十八日，寸草都结籽。

【简析】立秋以后，不论多么矮小的草都不会往上长了，都已经结籽了。

☆ 立秋下雨人欢乐，处暑下雨万人愁。

【简析】立秋下雨利于秋种，处暑下雨容易给秋收造成麻烦。

☆ 立秋一场雨，夏衣①高挂起。

【注释】①夏衣：夏天穿的衣服。习惯上指单衣。

☆ 立夏①东南风，农人乐融融。

【注释】①立夏：二十四节气之一，在5月5日、6日或7日。

【简析】立夏刮东南风，容易从海上带来潮湿的空气并形成雨水，有利于小麦、豌豆等夏季作物解除干旱。

☆ 立夏三天见麦芒。

【简析】立夏是麦子抽穗儿的时候。

☆ 良言①一句三冬暖，恶语②伤人六月寒。

【注释】①良言：好话。②恶语：恶毒的话。

【简析】好话说一句，即使是在严寒的冬天也会让人觉得心里暖乎乎的；恶语说一句，即使是在炎热的夏天也会让人心寒。交谈时，要注意言语的使用，不要由于言语不当而给别人造成情感上的伤害。

## ☆ 良药①苦口利于病，忠言②逆耳利于行。

【注释】①良药：好药。②忠言：诚恳劝诫的话。

【简析】好药吃起来虽然味苦，却对治好疾病有好处；诚恳直言的话虽然听起来有些不舒服，却对改正错误、指导今后的行动有帮助。

## ☆ 两耳①张风②，必然受穷。

【注释】①耳：耳朵。②张风：两耳耳郭向前直竖。

【简析】有人认为，长张风耳的人有福气。

## ☆ 两个女人一面锣，三个女人一台戏。

【简析】形容女人凑到一起就要叽叽喳喳地说笑不停，非常热闹。

## ☆ 两口子打架不用劝①，放好桌子就吃饭。

【注释】①劝：此处指别人来劝架。

【简析】此谚语是说夫妻吵架很快就会和好。

## ☆ 两腮没肉，必定难斗[①]。

【注释】①难斗（nándòu）：难于打交道。

【简析】“两腮没肉”，就是人们所说的尖嘴猴腮。这种长相的人，通常被认为会为人贫气、尖刻，不好打交道。

## ☆ 撂下刀把儿是善人。

【简析】放下杀人的刀，就是准备做好人的开始。此谚语是劝人弃恶从善。

## ☆ 烈火见真金。

【简析】比喻在严峻的考验中才能看出谁最能干，谁最勇敢，谁是英雄。

## ☆ 林子大喽，什么鸟儿都有。

【简析】也说“山庞儿大喽，什么鸟儿都有”。比喻这么大的一个社会里什么样的人都有。常用于说遇到这样的人不足为怪。

## ☆ 临阵磨枪[①]，不快也光。

【注释】①枪：一种旧式兵器，在长柄的一端装有尖锐的金属头。

【简析】比喻事到临头才急忙准备，虽然没大作用，但总要管点儿事。现多用于学生平时不抓紧学习，临到考试才突击复习，但这种突击复习也有点儿作用。

## ☆ 留得青山在，不怕没柴烧。

【简析】比喻只要保存了根本，将来就有翻身的机会，就可以东山再起或再次达到目的。

## ☆ 六十花甲子①，不死就活埋。

【注释】①花甲子：六十岁的人。

【简析】在北京地区，传说古代某个时期规定人只能活到六十岁，到六十岁依然不死就要活埋掉。不过，也有孝子采取通融的办法，如挖个地窖让老人住进去，长年送衣送饭。

## ☆ 六十六，不死掉块肉。

【简析】在北京地区，人们认为六十六岁为限年（生命的危险年龄）。在这一年的生日，女儿要为父母送红围腰儿、红裤带等物辟邪。

## ☆ 六月初一龙掉泪①。

【注释】①龙掉泪：天掉雨点儿或下不大的雨。

【简析】民间认为，农历六月初一是下雨的日子。

## ☆ 六月的日头①，后娘②的拳头。

【注释】①日头：太阳。②后娘：继母。

【简析】六月的阳光炽热烤人，后娘的拳头打孩子下手狠，都很可怕。

## ★ 六月二十四，分龙兵。

【简析】旧时，北京地区民间认为农历五月二十三日为分龙兵日。后来，不知何时改说为农历六月二十四日了。所谓分龙兵，即为隔辙雨。由于龙的分片儿管辖，这一天车辙这边下雨，车辙那边就可能不下雨。现在，北京地区百姓认为农历六月二十四日这一天为下雨的日子。

## ★ 六月六，看谷①秀②。

【注释】①谷：谷子。②秀：秀穗儿；抽穗儿。

【简析】农历六月初是谷子抽穗儿的时候。

## ★ 聋子会打岔①，瞎子会算卦。

【注释】①打岔：因听力障碍，把对方所说的词语听成了声音相近的别的词语，进而把对方所说的语句表达的意思弄错了。

【简析】听不准确就容易造成打岔现象，而盲人多从事算卦职业是旧时的一种社会现象。

## ★ 卢沟桥①的狮子，数不清。

【注释】①卢沟桥：北京跨永定河上的一座石造联拱古桥。

【简析】现在，卢沟桥石栏上雕刻的狮子已经数清，大小共计485个。

☆ 路是人开的，树是人栽的。

【简析】任何事情都是人做的，只要肯干没有做不了的事情，都可以做成功。

☆ 路是人走出来的。

【简析】比喻人应该有开创精神，不应该因循守旧，畏首畏尾，裹足不前。

☆ 路遥知马力，日久见人心。

【简析】路途遥远，可以看出马的力量的大小；日子长久了，可以看出人心的好坏。比喻时间可以考验人的为人（多用于交往方面）。此谚语见于启蒙读物《名贤集》。

☆ 路要一步一步走，饭要一口一口吃。

【简析】比喻做事要脚踏实地、循序渐进，不可操之过急。

☆ 驴驾辕，马拉套，老娘们儿①当家瞎胡闹。

【注释】①老娘们儿（lǎoniámenr）：对已婚妇女的蔑称。

【简析】驴适合拉套，马适合驾辕，男人适合当家。此谚语重点说后者，带有明显的封建思想意识。实际上，在一个家庭中，男女都可以当家，谁适合当家主事就谁当家主事。

## ☆ 萝卜白菜，各有所爱。

【简析】比喻各人有各人的爱好。

## ☆ 萝卜快[①]了不洗泥[②]。

【注释】①快：指东西卖得快，货物畅销。②不洗泥：不用把泥洗掉。

【简析】比喻在货物短缺的时候，人们就不会对货物挑剔，货物好坏都容易卖出去。同理，在人员短缺的时候，甭管才能高低都有人要，都有人用。

## ☆ 骡子大、马大值钱，人大了不值钱。

【简析】前面的两个“大”指个子大，后面的“大”指架子大。

## ☆ 落架的凤凰不如鸡。

【简析】比喻有权势的人倒台失去了权势，连普通平民百姓都不如。

# M

## ☆ 马老鬃毛长，人老见识广。

【简析】此谚语重点说人老了以后生活阅历和生活经验都很丰富。

## ☆ 马连良[①]的腔[②]，山东馆儿的汤。

【注释】①马连良（1901—1966）：北京人，回族，著名京剧老生，马派的创始人。②腔：声腔。

【简析】马连良的老生行腔柔润、潇洒，听着过瘾；鲁菜厨师做菜看重吊汤，做出来的菜肴禁得住品味。

## ☆ 马牛年，好种田。

【简析】同“牛马年，好种田”。

## ☆ 马勺没有不碰锅沿儿的。

【简析】同“没有马勺不碰锅沿儿的”。

☆ 马有马道，牛有牛道。

【简析】比喻各人有各人的谋生手段。

☆ 马走日，象（相）走田，炮（砲）打隔山一溜烟。

【简析】这是象棋走法的谚语。

☆ 蚂蚁搬家、蛇过道，大雨眼看就来到。

☆ 买的不如卖的精。

【简析】货物怎么样，底价是多少，卖者心里是清楚的，但这些买者不容易知道，所以买者吃亏上当是常有的事。

☆ 买股要买潜力股，嫁人要嫁有情男。

【简析】这是一条新谚语，重点说后者。嫁人的关键是看双方有没有良好的感情，只有有良好的感情才可能志同道合，才能共同为生活目标奋斗。

☆ 买鸡不买当村儿①鸡，寻②媳妇儿不寻活人妻③。

【注释】①当村儿（dàngcūnr）：本村儿。②寻（xín）：讨、找（妻子或婆家）。③活人妻：旧指离异的女人。

【简析】封建时代，离异的女人多是被夫家休的，这样的女人被认为不是刁蛮，就是笨拙懒惰，或缺乏教养，所以有“寻媳妇儿不寻活人妻”之说。现在，在现代婚姻法下离异者甚众，此说也就不成立了。

### ☆ 买金的还得遇见卖金的。

【简析】1. 比喻想找个好的合作者，还得遇到个合适的合作者；想找个好配偶，还得遇到个称心如意的人。2. 比喻东西即使好，还得遇到识货的人；人即使有才能，也得碰到需要有才能的单位或个人。

### ☆ 买卖不成仁义在。

【简析】买卖没有做成，该怎样还怎样，不应该为此伤了彼此的感情。

### ☆ 买卖看行情，早晚价不同。

【简析】比喻做事要随时了解情况变化。

### ☆ 买涨不买落。

【简析】市场货物行情上涨，人们就要争相购买，怕再涨价；行情下跌，人们就采取观望态度，等再便宜些再买。这是市场的通常规律，也是顾客的普遍心理。

### ☆ 麦盖三床被，枕着馒头睡。

【简析】“麦盖三床被”，意为冬天的麦苗被三层雪覆盖。“枕着馒头睡”，意为有充足的粮食吃。此谚语是说冬天麦田被大雪覆盖，来年小麦必然丰收。

☆ 麦宜密，豆宜稀。

【简析】麦子的植株只有密才能丰收，豆类的植株只有稀疏才能长得好。

☆ 卖瓜不说瓜苦，卖酒不说酒薄①。

【注释】①薄（báo）：味道寡淡。

【简析】比喻做任何事情的人都不说对自己不利的话。

☆ 卖油的娘子水梳头。

【简析】比喻自家的东西都是为别人准备的、供别人使用的，自家反而用不上。意同民谣“泥瓦匠，没有房；纺织娘，没衣裳；编苇席的睡光炕，当奶妈的卖儿郎”，反映了旧社会底层劳动民众生活的艰辛。

☆ 慢工出巧匠，快了没好活。

【简析】慢慢地精雕细磨，就能够制作出高质量、精美的东西来；急急忙忙赶任务，就可能使活计做得粗糙。

☆ 芒种三天见麦茬。

【简析】芒种节气到了就该收割麦子了。

☆ 猫不脏天，狗不脏地。

【简析】猫拉屎后要用土把屎盖上；狗尿尿时先翘起一只

腿，要把尿尿在墙上或树干的下部。

☆ 猫急上树，狗急跳墙。

【简析】多比喻坏人急了会冒险蛮干。

☆ 猫养的猫疼①，狗养的狗疼，谁养的谁疼，不养的不疼。

【注释】①疼：疼爱。
【简析】比喻谁的孩子谁疼爱。

☆ 没到八十八，不可笑人瞎。

【简析】谁也不知道将来自己会落到什么光景，不要笑话别人的不幸，更不要对别人的遭际幸灾乐祸。

☆ 没有不吃腥的猫。

【简析】比喻没有不贪女色的男人。

☆ 没有不开张①的油盐店②。

【注释】①开张：指商家、店铺每天做的第一笔生意。②油盐店：卖油盐酱醋等杂货的小店。
【简析】只要有人卖，就会有人买。常用于泛指只要有人提供某项服务，就会有人来接受某项服务。

## ☆ 没有不透风的墙。

【简析】比喻事情隐瞒不住，早晚得泄露出去。

## ☆ 没有高山，不显平地。

【简析】比喻没有比较就显不出水平的高下。

## ☆ 没有规矩[①]，不成方圆。

【注释】①规矩：规和矩都是古代的量器。量圆者叫规，量方者叫矩。要想制成方形体和圆形体，就离不开上述两种工具。

【简析】比喻做任何事情没有一定的要求和标准进行约束，就不可能做好。

## ☆ 没有过不去的火焰山[①]。

【注释】①火焰山：古典神话小说《西游记》中描写的唐僧取经路上遇到的一座山，火焰熊熊而无法过去，是取经路上所遇到的险阻之一。最后，孙悟空施展本领，盗得铁扇公主的芭蕉扇扇灭了火焰，才得以顺利通过。

【简析】此谚语用于说没有克服不了的困难。

## ☆ 没有行市[①]有比试[②]。

【注释】①行市：市场的货物行情。②比试：此处指比较的对象。

【简析】比喻只要有比较的对象就可以看出谁好谁坏来。

## ☆ 没有花钱的不是[1]。

【注释】①不是：错误。

【简析】家具、器物可花钱更换或可不花钱更换，可花钱请人修理或可不花钱请人修理，最后更换了、修理了以后比以前好用或更美观了。此谚语常用于这种情况。

## ☆ 没有家贼，引不来外鬼。

【简析】比喻没有内线接应，坏人是不会打入内部的。

## ☆ 没有金刚钻儿，别揽瓷器活儿。

【简析】锔瓷盘、瓷碗需用金刚钻钻孔，其他钻头钻不动瓷器。比喻没有那么大的本事，就不要承揽那么重大的工作。

## ☆ 没有君子[1]，不养艺人[2]。

【注释】①君子：指人格高尚的人。②艺人：指戏曲、曲艺、杂技、影视演员。此处指江湖艺人。

【简析】旧时，江湖艺人通过表演挣钱养家糊口，全靠好心人捧场帮忙。

## ☆ 没有君子人，不养残病人[1]。

【注释】①残病人：残疾人。

【简析】旧时，残疾人的生活全凭好心人施舍帮助。此谚语是旧时伤残者沿街乞讨时常说的一句话。

## ☆ 没有苦中苦，难得甜上甜。

【简析】此谚语告诉我们，无论做什么事情，首先要肯于吃苦，只有禁受过艰苦的磨炼，才能获得成功，才能享受到成功的喜悦与幸福。

## ☆ 没有马勺①不碰锅沿儿②的。

【注释】①马勺（mǎshao）：旧时用来盛粥、盛饭的木制勺子。②锅沿儿：锅的上部边沿。

【简析】比喻长期在一起生活必然产生一些摩擦、矛盾。此谚语常用于说婆媳矛盾。

## ☆ 没有爬不过去的坡。

【简析】同“没有过不去的火焰山”。

## ☆ 没有千顷地，难打万石①粮。

【注释】①石（dàn）：容量单位。旧时用于量粮食，十斗为一石。

## ☆ 没有梧桐树，难招凤凰①来。

【注释】①凤凰：古代传说中的百鸟之王。雄的叫凤，雌的叫凰。

【简析】比喻家里没有优秀的男孩儿，就找不来好媳妇儿。

☆ 没做亏心事，不怕半夜鬼叫门。

【简析】比喻没做坏事，心里总是坦荡的。

☆ 媒人说话两头儿瞒。

【简析】媒人说媒时，尽量说男女双方的优点，隐瞒双方的缺点，以使得撮合成功。

☆ 每天不离葱，身轻脑子灵。

【简析】每天吃葱，能使身体轻捷，头脑灵敏。此谚语是说吃葱对身体健康的好处。

☆ 梦是心头想。

【简析】夜里梦见什么事情，是因为白日脑子里在想着什么事情。

☆ 棉花不打尖儿，光长枝叶秆儿。

【简析】棉花秧长到一定程度就要打尖儿，否则就要疯秧，不结棉桃。

☆ 棉花耪八遍，桃儿①赛鸡蛋。

【注释】①桃儿：棉桃。

【简析】此谚语是说棉花应该多锄，只有多锄才长得好，棉桃儿才结得大（“赛鸡蛋”言其大）。

★ 苗多欺草，草多欺苗。

【简析】禾苗多不利于草生长，草多不利于禾苗生长。

★ 民不举，官不究。

【简析】有些民事案子，没有老百姓举发（法律术语叫告诉），公安、司法部门是不会立案侦查、审理的。

★ 民以食为天，国以民为本。

【简析】“民以食为天”是亘古不变的真理。

★ 悯忠寺[①]的丁香，崇效寺的牡丹，极乐寺的海棠，天宁寺的芍药。

【注释】①悯忠寺：创建于唐贞观十九年（645）的一座寺庙，清雍正十二年（1734）更名为法源寺，是京城的一座著名寺庙。

【简析】上述四座寺庙，其他三座寺庙今已不存，只有法源寺至今保存完好，寺里的丁香花每年盛开依旧。

★ 名师出高徒。

【简析】有名的师傅能够教出技艺高超的徒弟。

★ 名医难治心病。

【简析】没有任何医生、任何药能治好心病。

☆ 明枪易躲，暗箭难防。

【简析】此谚语是说应该小心被别人暗中算计。

☆ 明人①不做暗事②。

【注释】①明人：心地光明磊落的人。②暗事：不光明正大的事。

☆ 谋事①在人，成事②在天。

【注释】①谋事：计划办某件事情。②成事：办成事情。

【简析】计划办某件事情是人的事情，至于能不能办成功那就是上天的事情了，人是无能为力的。

☆ 母狗不摆尾巴儿，牙狗①不敢翘腿②。

【注释】①牙狗：公狗。②翘腿：抬腿。

【简析】比喻在发生不正当的两性关系上，女人往往会有所表示或暗示，男人才敢有所行动。这是一种片面的说法。

☆ 木匠手里无弃材。

【简析】对于一个木匠来说，大大小小、各种各样的木料都能用到合适的地方。

# N

## ☆ 男不拜月，女不祭灶。

【简析】农历八月十五日中秋节晚上，每家都要在自家庭院的小桌上放上毛豆、鸡冠花、月饼、葡萄、梨等供品，赏月拜月，但拜月时男人不参加。腊月二十三日晚上，每家都要祭灶，摆上糖瓜儿等供品送灶王爷上天去向玉皇大帝汇报人间的事情，而祭灶则是完全由家中的男人承担，女人是不能参加的。据文献记载，“男不拜月，女不祭灶”的习俗有悠久的历史，形成原因可能跟性禁忌有关。民间传说，月神嫦娥是个美女，所以不适宜男性祭拜。同理，灶神是炎帝或祝融等男性人物的化身，所以女性祭拜男性人物也不好。

## ☆ 男不吃韭，女不吃藕。

## ☆ 男不乱拉云手，女不乱甩水袖。

【简析】此为梨园行谚语。在即将演出的舞台上，男角做出“拉云手”的动作，女角做出“甩水袖”的动作，表明演出正式开始，司鼓就要立刻指挥并响起鼓乐。所以在即将演出的舞台上要求演员“男不乱拉云手，女不乱甩水袖”。

★ 男愁唱，女愁哭。

【简析】男人有发愁、烦心的事，一般爱低吟小曲儿；女人有发愁、烦心的事，多数会痛哭流涕。

★ 男大当婚，女大当嫁。

【简析】男女到了一定年龄就应该结婚，这是人的终身大事。

★ 男儿有泪不轻弹，只因未到伤心处。

【简析】此谚语的前半句经常单用。

★ 男女搭配，干活儿不累。

【简析】这是改革开放以后新出现的谚语。

★ 男怕穿靴，女怕戴帽。

【简析】“穿靴”指脚肿，“戴帽”指脸肿，都是大的病征，说明有危及生命的病在身。

★ 男怕入错行，女怕嫁错郎。

【简析】男子如果不知道自己适合从事什么职业，就盲目从事某一种职业，很可能是努力奋斗一辈子结果仍一事无成；女子如果能找一个情投意合的好丈夫，就是一生幸福的保证。实际上，不论男女，职业的选择、婚姻的选择对其一生都是非常重要的事情。

## ☆ 男人不坏，女人不爱。

【简析】也说“小伙子不坏，姑娘不爱”。此谚语是说女人一般不喜欢本分木讷、循规蹈矩或唯唯诺诺的男人。

## ☆ 男人有钱就变坏，女人变坏才有钱。

【简析】这是新时期人们根据社会出现的不良现象概括出来的谚语。

## ☆ 南城茶叶，北城水。

【简析】旧时，京城城南地区（前门、宣武门、崇文门以南）属商业区，市井繁荣，店铺林立，茶叶店庄很多，南方各地所产名茶均有售卖；北城德胜门一带多甜水井，以水质好闻名京城。

## ☆ 南斗①赛瓢②，北斗赛勺③。

【注释】①南斗：南斗星。②瓢：舀水或舀面的用具，多用半个葫芦做成。③勺：勺子。

【简析】南斗星像瓢形，北斗七星像勺子形。

## ☆ 南京到北京，买的不如卖的精。

【简析】货物好坏，成本是多少，卖多少钱有多大利润，卖者一清二楚。对于这些，买者却不容易把握，所以买者不管怎样挑选，怎样讨价还价，还是可能买到假货、次货。此谚语的后半句常单用。

☆ 南风呼北雨，好比亲娘叫闺女。

【简析】此谚语是说夏季刮南风容易下雨。

☆ 南①甜北②咸，东③辣西④酸。

【注释】①南：此处指南方。②北：此处指北方。③东：此处指山东。④西：此处指山西。

【简析】南方人喜欢吃甜口儿，北方人喜欢吃咸口儿，山东人喜欢吃大葱（大葱辣），山西人喜欢吃醋（醋味酸）。中国地域广大，各地人的饮食习惯和喜欢的口味儿各不相同。

☆ 南有蜈蚣北有侠。

☆ 难者不会，会者不难。

【简析】此谚语是说会的人不觉得难，觉得难的人是因为不会。

☆ 内科不治喘，外科不治癣。

【简析】也说“中医不治癣，西医不治喘”。此谚语是说哮喘病、癣类病都是难以治愈的顽疾。

## ☆ 内行看门道，外行看热闹儿。

【简析】同“行家看门道，力巴看热闹儿”。

## ☆ 能[1]帮穷人一口，不帮富人一斗。

【注释】①能：北京方言将连词“宁（nìng）”说成“能（néng）”。以下各条，除“能人背后有能人”外，其他条中的“能”均同此。

【简析】帮助穷人一口饭，有时就能挽救一条生命；帮助富人一斗粮食，对他只是杯水车薪，没有任何实际意义。

## ☆ 能拆十座庙，不破一桩婚。

【简析】婚姻在人的生活中是神圣的，破坏别人的婚姻是非常不道德的。

## ☆ 能吃飞禽四两，不吃走兽半斤。

【简析】此谚语是说飞禽的肉比走兽的肉味美好吃。现在，提倡保护野生动物，对珍禽珍兽禁止捕猎。

## ☆ 能吃鲜桃一口，不吃烂杏儿一筐。

【简析】此谚语是说吃水果在鲜不在多。有时，此谚语也用于比喻。

## ☆ 能得罪君子，不得罪小人[1]。

【注释】①小人：指人格卑鄙的人。

【简析】君子大度，能忍让，能原谅人；小人心胸狭窄，爱记仇，报复心强。

☆ 能跟明白人打顿架，不跟糊涂人[①]说句话。

【注释】①糊涂人：不懂事的人；浑人。

☆ 能叫人打死，不叫人吓死。

【简析】此谚语是说做人不应胆小怯懦。

☆ 能买不值，不买吃食[①]。

【注释】①吃食（chīshi）：吃的东西。

【简析】平日用的物件即使价钱贵了些，买了也值得，因为它能使用很长时间；不像吃食，即使价钱便宜，买来一吃就完了。

☆ 能人背后有能人。

【简析】意思是，你说你有能耐，别人比你更有能耐。此谚语告诉我们，做人不能自负，不能固步自封。

☆ 能伤[①]十个君子，不伤一个小人。

【注释】①伤：得罪。

【简析】同“能得罪君子，不得罪小人”。

## ☆ 能听北京人吵架，不听关外[①]人说话。

【注释】①关外：指山海关以东地区。

【简析】此谚语是说北京人说话好听，关外人说话不好听（关内人常认为关外人说话语调发艮，所谓有大楂子味儿）。这实际上属于地域歧视。

## ☆ 能寻大一半儿，不寻小混蛋儿。

【简析】丈夫比妻子大，会疼爱、照顾妻子；丈夫比妻子小，往往不知道疼爱妻子。所以说大一半儿的丈夫也比小女婿儿好。

## ☆ 能寻秃瞎，不寻鬓疤。

【简析】旧时，迷信认为鬓角长疤的女子妨碍人。

## ☆ 能撞金钟一下儿，不打破鼓三千。

【简析】比喻遇到困难和问题要想办法求真正能解决问题的人来帮助，不要病急乱投医徒费时间和精力。

## ☆ 能走横一寸，不走竖一尺。

【简析】在北京地区，小雪节气以后水面儿慢慢结冰，随着天气越来越冷冰面儿越来越厚，而这时的冰是横丝儿的，人在冰上走比较安全；五九以后，气温逐渐升高，冰逐渐变成竖丝儿，如果人这时在冰上走，就有掉下去的危险。

## ☆ 能走十步远，不走一步喘[①]。

【注释】①喘：喘气，生气。此处指带来麻烦、烦恼。

【简析】宁可走好道儿绕点儿远儿，也不要贪图近走坏道儿，因为坏道儿可能给人带来意想不到的麻烦和烦恼。

## ☆ 泥人儿也有土性儿。

【简析】比喻性情再温和的人也有点儿脾气。

## ☆ 泥鳅[①]乱打滚儿，大雨靠得准儿。

【注释】①泥鳅：音 níqiu。

【简析】泥鳅在水中乱打滚儿，说明天气闷热导致水中温度升高并严重缺氧，这是将要下雨的征兆。

## ☆ 泥鳅掀不起大浪，虼蚤[①]顶不起被卧[②]。

【注释】①虼蚤（gèzao）：跳蚤。②被卧：音 bèiwo。

【简析】比喻实力太小的成不了大事，或构不成大的威胁。

## ☆ 泥儿匠[①]，不拜佛。

【注释】①泥儿匠：泥塑匠。此处指旧时建庙宇时用泥雕塑神佛像的工匠。

【简析】据说泥塑匠人雕完神佛像后就走，从来不在神佛前膜拜。此谚语是自我标榜语，比喻自己从来不向权势者奉迎讨好或送钱送物。

## ☆ 泥儿姓赵，干喽就掉。

【简析】衣服上如果溅上了稀泥，不要急急忙忙去擦；等泥干了以后，自然就很容易掉下去。急急忙忙去擦，反而使泥渍泥（nì）入布眼儿，更不容易掉了。

## ☆ 蔫屁①不响，崩②个倒仰③。

【注释】①蔫屁：没有声响的屁。②崩：气浪冲击。③倒仰（dàoyǎng）：身体向后倒的动作。

【简析】此谚语是说不响的屁更臭，使人更难于承受。比喻某人不声不响干坏事。

## ☆ 蔫人肚子，出狗豆子。

【简析】此谚语是说平时不多言多语的人更有可能想出别人想不出的坏主意。

## ☆ 年怕中秋月怕半，男儿立志在少年。

【简析】意思是，人的一生过得很快，年少时就应该确立远大志向。

## ☆ 年怕中秋月怕半，星期就怕礼拜三。

【简析】一年当中如果过了中秋节，这一年很快就要过去了；一个月如果已经过了半个月，这一个月很快就要过去了；一周时间如果已经到了星期三，这个星期也就马上要过去了。此谚语是说时间过得快，表现了一种惜时的情怀。

☆ 年岁不饶人。

【简析】也说“岁月不饶人”。此谚语是说年岁大了，身体越来越不行了，体力和精力越来越不支了。

☆ 牛马年，好种田。

【简析】也说“马牛年，好种田”。此谚语是说十二生肖的马年和牛年风调雨顺，多是丰收年景（这只是民间说法，没有什么科学道理）。

☆ 牛皮不是吹的，罗锅儿[①]不是撅[②]的，泰山[③]不是垒的。

【注释】①罗锅儿：驼背。②撅（wēi）：将硬直物折弯。③泰山：五岳之一。在山东省中部，为我国著名风景名胜区之一。

【简析】此谚语是说做事光靠吹嘘不行，得靠真本事，得靠实干。

☆ 农民头上三把刀：税多、租重、利息高。

【简析】此谚语是指旧社会农民的境况：苛捐杂税极多，自己无地租种别人的土地要付很重的地租，没钱还要借高利贷。

☆ 女大不中[①]留。

【注释】①中：适宜。

【简析】女儿大了，父母应该抓紧时间为其找婆家，尽早嫁出去；不要舍不得嫁出去，长期留在家里容易惹来麻烦（参见“蚕老不可留”）。

☆ 女大三，抱金砖。

【简析】此谚语是说媳妇儿比丈夫大三岁是理想的结合。因为媳妇儿比丈夫大点儿会照顾丈夫，也比丈夫会理财过日子。

☆ 女大十八变，越变越好看。

【简析】随着年龄的增长，女孩子的身体不断发育变化，变得越来越漂亮，越来越性感。

☆ 女大五，赛老母①。

【注释】①母：母亲。

【简析】如果媳妇儿比丈夫大五岁，媳妇儿就显得大了些，看起来不般配。这是一种传统的婚配观念。

☆ 女人的心，海底针。

【简析】此谚语是说女人的心思男人捉摸不透。这是旧时代男性歧视女性的反映。

# P

☆ 爬得高，摔得重。

【简析】此谚语常用于谈论位高权重的人涉案倒下时。

☆ 怕狼怕虎，就别在山上住。

【简析】此谚语是说既然这样做，就不要怕这怕那。

☆ 跑了的鱼是大的。

【简析】比喻一件东西得到以后常常觉得也不过如此，便不知道珍惜；如果没有得到这件东西，会常常感到万分的遗憾。

☆ 跑了和尚，跑不了庙。

【简析】比喻当事人虽然跑了，但他的住处、财产还在，早晚有跟他算账的一天。

## ☆ 朋友妻，不可欺。

【简析】对朋友的妻子要尊重，不可欺辱。

## ☆ 偏方儿治大病。

【简析】民间流传的偏方儿可能能够治疗大病，不要轻视偏方儿。

## ☆ 便宜[1]不过当家[2]。

【注释】①便宜：有便宜。②当家（dàngjiā）：本家，自家人。

【简析】指凡是有好处的事情都应该先尽着自家人。

## ☆ 便宜没好货，好货不便宜。

【简析】价钱便宜的东西不会好，好的东西不会便宜（有时用于泛指）。

## ☆ 贫[1]居闹市无人问，富在深山有远亲。

【注释】①贫：贫穷。

【简析】此谚语是说有钱就有人巴结，受穷就没有人看得起。

## ☆ 破罐子熬破喽柏木[1]筲。

【注释】①柏木：柏树的木头。其木材坚固结实，不易糟朽。

【简析】比喻病病歪歪、身体不怎样的人常常死在一些身强力壮的人之后。

## ★ 破家值万贯[1]。

【注释】①贯：旧时的币值单位。旧时的制钱每一千个为一贯。

【简析】再穷的家庭，其全部家当也是值很多钱的。因为它是多年逐渐添置的，如果一次性购买，谁也买不起那么多东西。

# Q

☆ 七辈子学吃，八辈子学穿。

【简析】形容根据自己的经济条件吃好、穿好都不是一件容易的事，得靠多年的学习、修养。

☆ 七锄葫芦八锄瓜，三锄芝麻结疙瘩。

【简析】“七锄”“八锄”“三锄”等都是指一茬儿庄稼需要锄地的次数，“结疙瘩”指结角儿。

☆ 七活八不活。

【简析】民间认为，如果婴儿早产，在母腹中待七个足月的孩子能够成活，待八个足月的孩子反而不能够成活。

☆ 七九河开，八九雁来。

【简析】交七九的时候，河流就会开化；交八九的时候，大雁就会自南方飞回来。

## ☆ 七十三，八十四，阎王爷不叫自个儿[①]去。

【注释】①自个儿：自己。

【简析】民间认为，七十三、八十四这两个年龄都是限年。为什么是限年？各地说法不一。一般认为，孔子活了七十三岁，孟子活了八十四岁，因为两位圣人也只活到了这个年龄，所以这两个年龄就成了一般人的限年。

## ☆ 七岁八岁讨人嫌，九岁十岁饶两年。

【简析】此谚语是说男孩儿七岁到十岁的时候是最活泼顽皮的时候。

## ☆ 七岁八岁替[①]狗牙。

【注释】①替：替换。

【简析】此谚语是说小孩儿七八岁是换牙的时候。

## ☆ 七月七，牛郎见织女。

【简析】神话传说，织女为天帝的孙女，与牛郎结合后便不再为天帝织云锦天衣。天帝大怒，用天河将二人隔开，只准每年农历七月七日相会一次。这就是民间传说已久的七夕鹊桥相会。

## ☆ 七月十五定旱涝，八月十五定收成。

【简析】到农历七月十五日的时候，当年是旱还是涝大局已定；到农历八月十五日的时候，当年的收成好坏已成定局。

☆ 七月十五红圈儿，八月十五落杆儿。

【简析】枣子在农历七月十五日左右向阳部分开始变红，到了农历八月十五日左右已经成熟，可以用杆子打下来了。

☆ 七月十五花红枣儿，八月十五当喷儿梨。

【简析】在北京地区，农历七月十五日枣子刚开始成熟，有的地方红有的地方绿，所以叫“花红枣儿”；农历八月十五日中秋节吃梨的时候，正是多种梨下树的时候，所以说“当喷儿梨”。

☆ 七月枣，八月梨，九月柿子红了皮。

【简析】七月枣儿开始成熟，八月梨儿开始下树，九月柿子开始成熟。

☆ 妻贤夫祸少，子孝父心宽。

【简析】妻子如果贤惠，丈夫就少有麻烦事、烦心事；儿子如果孝顺，当父亲的就会感到幸福愉快。

☆ 齐不齐，一把泥。

【简析】这是泥瓦匠常说的话。意思是，砌或垒得不平最后靠抹泥找平。

☆ 骑驴不怕赶脚①的，光脚不怕穿鞋的。

【注释】①赶脚：赶着驴或骡子供雇佣的人骑或驮东西。

【简析】此谚语的后半句常单用。

☆ 骑驴不知赶脚的苦，饱汉子不知饿汉子饥。

【简析】比喻条件优越的人体会不到条件艰难的人的困难。此谚语的后半句常单用。

☆ 棋走一步错。

【简析】象棋一步走错了，往往决定整个儿败局。此谚语常用于比喻，指做事时一个错误的决定往往造成整个儿事情的不成功。

☆ 千百个耍嘴皮子的，顶不上一个动手的。（回）

【简析】事情不是靠说出来的，而是靠干出来的。

☆ 千锤打锣，一锤定音。

【简析】比喻多人的意见靠一人分析归纳，拍板决定。

☆ 千斤念白，四两唱。

【简析】此谚语为京剧行业用语，强调念白在京剧表演中的重要性。旧制，一斤为十六两，四两为四分之一斤。

☆ 千军易得，一将难求。

【简析】比喻人才难得。

## ☆ 千里马还得千里人。

【简析】此谚语是说好马还得有善于驾驭好马的人。比喻好条件还得有善于利用好条件的人，这样事情才能成功。

## ☆ 千里搭长棚，没有不散的筵席①。

【注释】①筵席：同“宴席”。请客所摆的酒席。

【简析】酒席的场面再大再有排场，也有散席的时候。比喻在一起的人早晚是要分手的。

## ☆ 千里堤防①，溃②于一穴③。

【注释】①堤防（dīfáng）：沿着河湖边沿的防水构筑物，多用土石筑成。②溃：溃决。③穴（xué）：小的孔洞。

【简析】比喻不可忽视小问题，小问题积累多了就可能酿成大祸。

## ☆ 千里送鹅毛，礼轻情意重。

【简析】比喻礼物虽然轻，但表示的情意却是重的。

## ☆ 千里相①送，总有一别。

【注释】①相：副词。表示动作的单向性，其后面的动词省略宾语。

【简析】此谚语常用于劝送行的人止步。

★ 千年的王八万年的龟，百年的兔子没人儿追。

★ 千年的鱼子，万年的草籽。

【简析】此谚语是说鱼子很多年以后还可以生出小鱼，草籽很多年以后还可以长出小草。

★ 千年文书会说话。

【简析】写在纸上的文字多年以后都是有力的证据。

★ 千门万户听评书①，净街净巷连阔如②。

【注释】①评书：曲艺的一种，多讲演长篇故事（以历史故事居多）。②连阔如（1903—1971）：北京人，著名评书表演艺术家。在四十余年的艺术生涯中，他演说过许多作品，博学多才，表演技艺精湛，深受全国广大听众喜爱。

★ 前门楼子①九丈九②，大栅栏儿对着鲜鱼口。

【注释】①前门楼子：指北京正阳门城楼。②九丈九：指城楼的高度，这只是一个约数儿。经测定，正阳门城楼高 43.65 米，约合 14 丈 4 尺；箭楼高 36 米，约合 10 丈 8 尺。实际上，两楼都远高于九丈九，因此“前门楼子九丈九”只是一个说法。这可能与古人认为“九”是最大数儿和象征吉祥有关。前门大街为南北走向的大街，大栅栏儿在它的西侧，鲜鱼口在它的东侧，后二者都是东西走向的街道，与前者构成老北京南城传统的重要商业街区。

☆ 前门楼子九丈九，九个胡同儿九棵柳。

【简析】此谚语说的是北京以前的情况，现已不存。

☆ 前门楼子九丈九，四门三桥五牌楼。

【简析】同“前门楼子九丈九，九个胡同儿九棵柳”。

☆ 钱财如粪土，仁义值千金。

【简析】这是一条古老的谚语，见于启蒙读物。此谚语是说讲究仁义道德对于一个人的重要性。

☆ 钱到手，饭到口。

【简析】饭到嘴里以后，很快就要被咽到肚子里去了，而钱到手里就像饭到嘴里一样，很容易就被花出去了。

☆ 钱难挣①，屎难吃。

【注释】①挣（zhèng）：用劳动换取（钱或物）。

【简析】此谚语重点是说钱不容易挣。

☆ 枪子儿不长眼。

【简析】比喻凡当兵上战场都有被子弹射中死亡的危险。

☆ 强将手下无弱兵。

【简析】泛指本事大的领导的下属也必然都是能干的人，高手调教出来的人一定都是好样儿的。

☆ 强龙①压不住地头儿蛇②。

【注释】①强龙：比喻权势大的人。②地头儿蛇：在地方上横行霸道的人。

☆ 强扭的瓜不甜。

【简析】比喻双方结合要坚持自愿原则，靠勉强或强迫命令结合不会有好结果。此谚语多用在婚姻结合方面。

☆ 强中自有强中手，能人背后有能人。

【简析】一个人能干，也一定还有比他更能干的人。

☆ 强着①不是亲戚，赖着②不是买卖。

【注释】①强着：强求。②赖着：强求。
【简析】男女联姻不能强求，买卖交易也不能强求，都得坚持双方自愿的原则（现多用于泛指）。

☆ 巧媳妇儿做不成没米儿的饭。

【简析】此谚语由“巧妇难为无米之炊”衍变而来。比喻做任何事情都得有必要的物质条件作准备。

## ☆ 切糕[①]二里地，白薯[②]一溜屁。

【注释】①切糕：用糯米面或黄米面做的糕，厚二三寸，中间放一层小枣儿，放在一块圆形木板上并用白纱布覆盖，卖时用刀切给顾客，所以叫切糕。②白薯：北京地区称甘薯。

【简析】此谚语是说这两种食品都容易消化，不耐饥。

## ☆ 亲戚别交财，交财两不来。

【简析】也说“交友莫交财，交财两不来”。此指亲戚间不要发生大的经济关系，若发生大的经济关系就容易闹别扭，以致断绝来往。

## ☆ 亲戚有远近，朋友有厚薄。

【简析】同样是亲戚、朋友，但远近亲疏是不一样的。

## ☆ 亲戚远来香，隔壁儿高打墙。

【注释】①隔壁儿（jièbǐr）：北京方言。隔壁。

【简析】亲戚离得越远走得越近乎，离得越近越不新鲜。

## ☆ 亲兄弟，明算账。

【简析】此谚语用于说朋友间关系再好，财物的交往上也应该说清楚，免得因财物问题日后伤和气。

## ☆ 青皮萝卜紫皮蒜。

【简析】萝卜是青皮的辣，蒜是紫皮的辣。

☆ 青蛙乱叫，大雨就到。

【简析】青蛙乱叫，说明天马上要下雨。

☆ 清官①难断②家务事。

【注释】①清官：清正廉洁的官。②断：判定。
【简析】此谚语是说家务纠纷复杂，难断是非。

☆ 清明①高粱立夏谷，小满②过了种糜黍③。

【注释】①清明：二十四节气之一，在4月4日、5日或6日。②小满：二十四节气之一，在5月20日、21日或22日。③糜黍：糜子和黍子。多数情况下指黍子。

☆ 清明刮了坟头儿土，刮到七七四十九。

【简析】意思是，清明节那天如果刮风，以后就要天天刮干风。

☆ 清明过后冷十天。

☆ 清明过后十天寒。

☆ 清明挂纸钱儿。

【简析】此谚语是说小麦到清明节时已经拔节儿，可以挂住随风飘动的纸钱了。清明节时，祭扫者要在坟上压纸钱，纸钱被风刮走后常常挂在小麦的植株上。

☆ 清明前后一场雨，豌豆麦子中了举。

【简析】清明节前后下雨，利于豌豆、麦子生长。

☆ 清明玉米谷雨花，谷子播种到立夏。

【简析】清明节气种春玉米合适，谷雨节气种棉花合适，而谷子只能在立夏节气之前种，再往后就不适宜播种了。

☆ 清明昨天寒食节。

【简析】寒食节在交清明节的前一天。

☆ 清早儿说梦，一天不幸。

【简析】北京地区旧俗认为，如果清晨起来就说自己夜里做了什么不好的梦，一整天就会倒霉。如果想跟别人说夜里做了什么梦，应该在早饭以后再说（因为那时太阳已经出来了）。

☆ 清早儿下雨一天晴。

【简析】清晨下的雨经常是阵雨，过后就是个大晴天。

☆ 情人眼里出西施①。

【注释】①西施：也叫西子。春秋（前 770—前 476）末期越王勾践献给吴王夫差的一个美女。后成为美女的代称。

【简析】如果某男子钟情于一个女子，该女子即使相貌平平甚或有些丑，但他也会觉得漂亮。

☆ 晴雨看星光。

【简析】夜晚满天星斗，明天就是大晴天。

☆ 请神容易送神难。

【简析】比喻把某人招引来容易，如果感觉不好再想让他走就不那么容易了。

☆ 穷兵恶衙役[1]。

【注释】①衙役：旧时官府衙门里的差役。

【简析】旧时，当兵的薪饷很少，都很穷；官府的衙役都很凶恶，常常欺负百姓，使百姓害怕。

☆ 穷不与富斗，富不与官斗。

【简析】穷人与富人斗，穷人斗不起；富人与当官的斗，当官的有权势，富人也斗不起，因为斗时间长了容易使财富耗费殆尽。

☆ 穷当家子[1]，祸害渣滓[2]。

【注释】①当家子（dàngjiāzi）：本家。②祸害渣滓：比喻坑害人、糟害人的人。

【简析】当家子如果受穷，必然对发财的本家时有伤害，如常常糟蹋本家的东西等。

## ☆ 穷汉养娇子。

【简析】家境贫穷的人，对儿子却往往过分娇惯，使儿子成为不能吃苦受累地为人生奋斗拼搏的人。

## ☆ 穷汉子盼二十六年。

【简析】穷人盼扭转穷的窘况一年又一年，什么时候真正能够得到翻身的机会则遥遥无期，只好一年一年地盼下去。“二十六年”，极言其长。

## ☆ 穷家难舍，热土①难离。

【注释】①热土：长期居住并有深厚感情的地方。

## ☆ 穷没扎根儿，富没长苗儿。

【简析】家庭穷不会永远穷，只要艰苦奋斗，就有可能扭转局面，获得翻身机会；家庭富有，也不会永远富有，一旦晚辈不好好儿干，就会败落。此谚语告诉人们，受穷的人应该立志改变贫穷面貌，家境富有者应该精心守业，以使家业不在自己手里败落。

## ☆ 穷怕亲戚，富怕贼。

【简析】家境贫困，怕亲戚来无以招待；家境富有，怕贼来偷窃。

## ☆ 穷人莫发财，富人莫当官。

【简析】穷人一旦发财就会忘乎所以，胡乱挥霍；富人一旦做了官，就会作威作福地欺压百姓。

## ☆ 穷榆，富柳，没帽儿的杨树。

【简析】榆树、杨树的枝杈应该尽量往上镩，留小帽儿；柳树应该少镩枝杈，留大帽儿。

## ☆ 穷灶门儿，富水缸。

【简析】灶门儿周围应该干净利索，否则容易把灶火引向外燃；水缸中应该经常有水，因为家庭生活随时离不开水。

## ☆ 穷长虱子，富长疥。

【简析】此谚语产生于20世纪40年代。当时，农民认为穷人住不起旅店，没有传染疥疮的机会，只有长虱子的份儿；富人有钱住旅店，才有机会传染上疥疮。实际上，住卫生条件差的旅店才容易传染上疥疮，住卫生条件较好的中高档旅馆是不容易传染上疥疮的。所以长疥疮的人不是真富，只是与根本住不起店的人相比较而言的。

## ☆ 秋风凉，蟹子黄。

【简析】秋天的时候，螃蟹肥大，蟹黄味美，是吃螃蟹的好季节。

☆ 秋天肺养好，冬天病不找。

【简析】中医理论，秋天养生重点应该养肺。肺养好了，冬天有个伤风感冒的也就不容易咳嗽不止，甚或感染肺炎了。

☆ 秋天弯弯腰，顶得冬天转三遭。

【简析】此谚语告诉人们，秋收时应该不惜力气做到颗粒保收。

☆ 求人不如求己。

【简析】当遇到困难时，与其请求别人帮助，不如自己想方设法尽最大努力解决。

☆ 蛐蛐儿不吃蚂蚱肉。

【简析】比喻同乡、同学、朋友或境况相同的人不应该互相伤害。

☆ 去暑[①]不出头，必得喂了牛。

【注释】①去暑：指处暑节气，在 8 月 23 日前后。

【简析】庄稼到处暑节气还没秀穗儿，今年肯定就没有收成，只有割下来作为牲口的饲料了。

☆ 去暑不拿镰[①]，没有十天闲。

【注释】①镰：镰刀。

【简析】一到处暑节气，秋季作物就该陆续收获了。

☆ 去暑爪①黍，白露割②谷。

【注释】①爪：用爪镰把黍子的穗子割下来。②割：用镰刀把庄稼从秸秆儿下部截断。

【简析】到处暑节气，黍子就成熟了，该收割了。到白露节气，谷子就成熟了，该收割了。

☆ 拳①不离手，曲②不离口。

【注释】①拳：拳术。②曲：歌曲。

【简析】打拳要天天打，唱曲要天天唱。比喻一种技艺要经常练、经常用，否则就变得生疏了。

☆ 瘸腿、瞎眼当下瞧，不吃、不喝管打道①。

【注释】①打道：将买的牲畜退回卖者手中。

【简析】旧时习俗，在买卖牲畜时，牲畜有没有外观上的毛病，买者应该即时看清楚，否则卖者不负责任。只有牲畜在约定的期间（保槽期，一般为 5 天或 10 天）出现不吃不喝的情况，才可以将其退还给卖主（即所谓的“打道”）。

☆ 群雁高飞头雁领。

【简析】比喻集体先进要靠好的领导。

# R

★ 让行不让利。

★ 人熬兵，铁熬钉，小孩儿熬得卖烧饼。

【简析】旧时，人们认为当兵是一种最差的、最没出息的职业，如果人到了当兵的地步，就不会再有好前途了；铁如果到了做钉子的份儿上，它的功用也就到头了，因为好铁是不打钉的；小孩儿到了卖烧饼的份儿上，就会学得又馋又懒，也就不会有什么好前途了。

★ 人比人得死，货比货得扔。

【简析】人与人有差别是事实，应该各行其道，不必强行相比，就像货物有好坏优劣一样。货物也不必强行相比，应该各找各的销路。

★ 人比人，气死人；命比命，气成病。

【简析】人的境况和命运是各不相同的，不能强行跟比自己好的相比，那样只能给自己造成痛苦或伤害。当然，作为人是应该有上进心的。此谚语的前半句常单用。

☆ 人不辞路，虎不辞山。

【简析】此谚语是说人总是要出外远行的。

☆ 人不得外财不富，马不吃夜草不肥。

【简析】发财致富要靠人的勤奋，不能靠得外财。马要养得肥壮，除了好草好料外，确实需要夜间喂草。此谚语的前半句常单用。

☆ 人不哄[①]地皮，地不哄肚皮。

【注释】①哄：欺骗。

【简析】多施肥，勤浇灌，精心管理，地就能多打粮食，人就有饱饭吃；反之，地就少打粮食或不打粮食，人就要挨饿。

☆ 人不可貌[①]相[②]，海水不可斗量。

【注释】①貌：容貌，相貌。②相（xiàng）：看，察看。

【简析】一个人能力怎样，能干不能干，不能只由外表来判断，即不能以貌取人。此谚语的前半句常单用。

☆ 人不着急，棒不打腿。

【简析】此谚语是说人在急慌中容易出差错。

☆ 人不知道死，车不知道翻。

【简析】关于死亡的事，自己是不能预知的。此谚语常用于谈到某人突然死亡时。

## ★ 人大招险，树大招风。

【简析】此谚语是说人的官职高，经济富有，生活阔绰，名声、地位显赫，就容易遭到嫉妒、算计、排挤、诬陷，甚至引来杀身之祸。

## ★ 人的命，天注定。

【简析】此谚语是说人的命运好坏、富贵贫穷、寿夭祸福都是由上天决定的，个人是无能为力的。这是典型的宿命论观点。

## ★ 人多盖塌房。

【简析】有些事情，越多人参与越显得乱，反而越干不好。

## ★ 人多没好饭，猪多没好食。

【简析】此谚语是说吃饭的人太多，厨师不可能精工细作。所谓“大锅饭粗糙，小锅饭精细”，所以有地位的人讲究吃小灶就是这个原因。

## ★ 人多没好汤，猪多没好糠。

【简析】同“人多没好饭，猪多没好食”。

★ 人多易乱，鸡多不下蛋。

【简析】一件事情，一种活计，过多的人参与会形成互相干扰的情况，反而做不好。此谚语意近于“人多盖塌房”。

★ 人分三六九等，木有花梨紫檀。

【简析】此谚语是说人有各种各样的。

★ 人逢喜事精神爽，月到中秋分外明。

【简析】人遇到喜事的时候就会高兴有精神，月亮到农历八月十五日那天就会显得异常明亮。

★ 人过留名，雁过留声。

【简析】此谚语是说人都希望在停留过的那个地方留下好名声。

★ 人过四十天过午。

【简析】人过了四十岁就好像天过了中午一样。此谚语是说人生已经过半，不会再有大的作为了。

★ 人急造反，狗急跳墙，穷急喽就生疯①。

【注释】①生疯：比喻瞎胡乱闹腾。

【简析】此谚语是说人被逼急了什么事都干得出来。

★ **人叫货千声不语，货叫人点首[①]就来。**

【注释】①点首：点头。

【简析】牌子响，货色好，自然就会招揽来顾客。

★ **人靠七分捧[①]，货靠三分抬[②]。**

【注释】①捧：捧场。②抬：多人说好。

【简析】人要很多人都说好就容易顺顺当当生活，货物要很多人都说好就容易卖出去。

★ **人老奸[①]，马老猾[②]，兔子老了没人拿[③]。**

【注释】①奸：通过耍心眼儿、玩手段占别人便宜。②猾：奸猾。③拿：捉拿，逮。

【简析】此谚语重点在说人年老以后处事容易奸猾。

★ **人老弯腰，树老焦梢[①]。**

【注释】①焦梢：指老树的上端枝杈枯死。

★ **人老先老腿。**

【简析】人开始衰老首先反映在腿上，如走路腿脚儿不灵便、腿疼等。

★ **人老珠黄不值钱。**

## ★ 人离乡贱，物离乡贵。

【简析】人离开自己的家乡需要处处讨好当地人，常常有意压低自己的辈分称同龄人为大叔、大婶儿等的情况，但这样做了还是可能被当地人欺负；东西离开它的产地却更值钱，常常卖的价钱更高。

## ★ 人挪活，树挪死。

【简析】人如果离开自己原来生活的地方或工作单位，可能境况会变好；树如果移栽，就有可能死掉。

## ★ 人怕逼，马怕骑。

【简析】此谚语是说人被逼急了什么事都干得出来。

## ★ 人怕揭短，树怕剥皮。

【简析】人被揭了短处会丢面子，树被剥了皮就会死掉。

## ★ 人怕老来苦，麦怕胎里旱。

【简析】人老以后怕过上苦日子，因为已无力改变现状；小麦在灌浆时怕遇到干旱，这样籽粒就不会饱满，就会影响收成。

## ★ 人怕老来①贫②。

【注释】①老来：老的时候。②贫：爱跟别人要点儿这要点儿那的，占小便宜儿。

## ☆ 人怕起外号儿，地怕走小道儿[1]。

【注释】①小道儿：人们为了抄近道而踏出的小路。

【简析】外号儿听起来不够严肃，有时还有损人的形象和声誉；地一旦被行人走成小道儿，就会影响耕作。

## ☆ 人怕笑，字怕吊[1]。

【注释】①吊：挂。

【简析】人长得再漂亮，如果纵情大笑，也会显得难看。写好的书法作品，如果放在案头，看不出什么毛病；如果裱挂起来，再好的作品也会被看出毛病来。

## ☆ 人怕有名儿，病怕没名儿。

【简析】对于人来说，一出名就容易遭人妒忌、算计、陷害等，所以民间一直有“人怕出名，猪怕壮”之说。对于疾病来说，如果连医生都不知道患者得的是什么病，也就无法对症施治，那将是件非常麻烦的事。

## ☆ 人配衣裳，马配鞍。

【简析】人的外表怎么样，衣着打扮很重要。

## ☆ 人贫志短[1]，马瘦毛长。

【注释】①短：缺少。

【简析】人如果贫穷，就容易缺乏志气。这是一种非常片面的说法，正确的态度应该是“人穷志不穷”。

★ 人平不语，水平不流。

【简析】事情处理得公平，人们就没有怨言；水要在平坦的地方，就不会流动。此谚语是说处理事情要公道、公平。见于启蒙读物《名贤集》。

★ 人凭一张脸，货卖一张皮。

【简析】指货物的外观很重要，这也是为什么当代生产厂家特别重视包装的原因。此谚语的后半句常单用。

★ 人巧不如家什①妙②。

【注释】①家什：器物，工具。②妙：好。

【简析】此谚语是说人手再巧也不如有个好工具。

★ 人勤地不懒。

【简析】种地者勤劳，肯于精心耕作，地就会长出好庄稼，就会多打粮食。

★ 人善①有人欺②，马善有人骑。

【注释】①善：善良。②欺：欺负。

★ 人生不满百，常怀千岁忧。

【简析】这是来源于古诗的一句谚语。“常怀千岁忧”，这是人之所以区别于动物的一个重要特点。

## ☆ 人生七十古来稀。

【简析】这是自唐代传下来的谚语。一直以来，认为其最早出自杜（杜甫）诗，但有人考证其出自其他唐代人的诗句。今天，人的寿命已经大大延长了，不要说七十岁了，八十岁、九十岁甚至百岁都已经不稀奇了。

## ☆ 人生一世，草木一秋。

【简析】比喻人生短暂、时间宝贵，总要做出点儿业绩来才不枉来一回。

## ☆ 人生在世命由天。

【简析】人一来到这个世上，命运的好坏就由上天注定，个人无能为力。这是一种宿命论的说法。

## ☆ 人是地行仙①，一天走一千。

【注释】①地行仙：佛教所说的十种仙人的一种。

【简析】人是能够走动的，一天可以走很远，所以今天在这儿，明天就可能在那儿。

## ☆ 人是旧的好，东西是新的好。

【简析】夫妻、朋友、同事都已经互相了解，有利于相处，所以人是旧的好；新东西完好、漂亮，有利于运用，所以东西是新的好。

★ 人是铁，饭是钢，一顿不吃饿得慌。

【简析】人没能吃上饭，身体就缺乏力气。形容吃饭对人的重要性。此谚语的前半句常单用。

★ 人熟是一宝。

【简析】此谚语是说熟人之间好说话、好办事。

★ 人死不再病，讨饭不再穷。

【简析】此谚语是说讨饭已经到了人生穷困的极点了。

★ 人死如灯灭。

【简析】人一死就像燃着的灯灭了一样，任何事情都不会知道了。

★ 人算不如天算。

【简析】自然或人的命运由上天决定，人无论如何盘算都不起决定作用。此谚语是说自然或人的发展都应尊重事物发展的客观规律。

★ 人往高处走，水往低处流。

【简析】比喻人总是追求更好的工作岗位和更加美好的生活。

## ☆ 人为财死，鸟为食亡。

【简析】人有时因为贪财而丧命，鸟儿有时为了寻找食物而误啄诱饵导致死亡。这是一条古老的谚语，虽然现在依然经常被人们引用，但它有一定的片面性。

## ☆ 人无千日好，花无百日红。

【简析】人不可能总处在顺心得意的时候，总有走背字儿的时候，就像花不可能常开常艳一样。

## ☆ 人无头[①]不走，鸟无头不飞。

【注释】①头：头领。

【简析】此谚语是说集体行动必须要有领头人。

## ☆ 人无远虑，必有近忧。

【简析】人必须做长远考虑，不能走一步看一步，否则就必定有忧愁的事摆在面前。见于启蒙读物《名贤集》。

## ☆ 人心不足蛇吞象。

【简析】比喻人的贪得无厌就如同蛇想吞象一样。

## ☆ 人心都是肉长的。

【简析】此谚语是说无论何人都不会是铁石心肠，遇到别人帮助他或为他做好事，他都会知道动情或感恩。

## ☆ 人心隔肚皮。

【简析】此谚语是说一个人的真实想法别人很难了解。

## ☆ 人心换人心，四两换半斤。

【简析】比喻人的情谊是互相的，你对别人好，别人就会对你更好。

## ☆ 人心齐，泰山移[1]。

【注释】①移：移动；搬动。

【简析】比喻在一个集体中只要齐心协力，什么困难都能克服，多难的事情都能办成。

## ☆ 人心是杆秤。

【简析】比喻群众的看法是最公平的。

## ☆ 人心似铁假似铁，官法如炉真如炉。

【简析】人的意志再坚强，重压之下也有软弱的时候，说“人心似铁”有一定的片面性。“官法如炉”却是千真万确的，因为法律无情，任何人只要犯了法就要受到法律的制裁。此谚语是对古谚语“人心似铁，官法如炉”的一种解释与理解。

## ☆ 人要倒霉，放个屁都砸脚后跟。

【简析】比喻运气不好，办什么事都不顺利，什么坏事都可以找到头上来。

## ☆ 人要倒霉，喝口凉水都塞牙。

【简析】比喻运气不好，做什么都不顺。

## ☆ 人要实，火要虚。

【简析】做人要诚实、实在；燃烧着的火，只有下面空虚使空气供应充足，才会燃烧得旺。

## ☆ 人一过万，无边带沿[①]。

【注释】①沿：音 yàn。
【简析】人的数量一过万，站在一个地方就会黑压压一片，一眼望不到边儿。

## ☆ 人一走，茶就凉。

【简析】人一旦降职、调走、离退休或离开其岗位，他的事情马上就没有人管了。此谚语是说人世间世态炎凉，现简说为“人走茶凉”。语出京剧现代戏《沙家浜》“智斗”一场。

☆ 人有旦夕[1]祸福，天有昼[2]夜阴晴。

【注释】①旦夕：早晨和晚上。②昼：白天。

【简析】人的灾祸有时突然降临，就像天气的昼夜阴晴突然变化一样。

☆ 人有吉凶事，不在鸟音中。

【简析】民间认为，喜鹊早晨在屋前叫是报喜，说明有喜事到来了；乌鸦在房前屋后叫是不吉利的征兆，预示有灾祸到来。其实，人的吉凶祸福何时到来，鸟儿并不能预感到。

☆ 人有脸，树有皮，不争名利争志气。

【简析】此谚语告诉人们，为人应该有志气。

☆ 人有脸，树有皮，没脸没皮没出息。

【简析】人活在世上为人做事应该顾及脸面，不应该没脸没皮枉为人。

☆ 人有脸，树有皮，谁家炕上没炕席？

【简析】同“人有脸，树有皮，没脸没皮没出息”。

☆ 人有人言，兽有兽语。

【简析】现代生物学认为，语言为人类所独有，动物是没有语言的，再高级的动物也只能靠声音来传递信号。

### ★ 人有三迷：酒迷、色迷、财迷。

【简析】贪财、贪酒、贪色是人生的三大忌。如有上述三大毛病，则是要贻误终生的。

### ★ 人有三怕：幼年丧父，中年丧妻，老年丧子。

【简析】此谚语说的这“三怕”是人们常说的“人生三大不幸”。

### ★ 人有失手，马有失蹄。

【简析】指人做事难免有出错儿的时候。

### ★ 人有十年壮[1]，鬼神不敢傍[1]。

【注释】①壮：健壮；身体健康。②傍（bàng）：傍前儿；靠近。

【简析】人的一生有十年时间身体非常强壮，不容易得病（大概指二十五岁到三十五岁的时候）。

### ★ 人在人情在。

【简析】一个家庭，有身份的人在世就有人行人情，不在了就没有人行人情了。

### ★ 人争一口气，佛争一炷香。

【简析】此谚语指人应该为自己、为家庭争气。

## ☆ 人走时气[①]马走膘，骆驼单走罗锅儿桥。

【注释】①时气（shíqi）：运气。

【简析】此谚语是说人要靠运气，运气来了什么都好办，一切顺利。

## ☆ 人嘴两张皮，言是又言非。

【简析】同一个人对同一件事情一时这样说一时那样说，有很大的随意性，这是不必在意或不必认真对待的。

## ☆ 人作[①]有祸，天作有雨。

【注释】①作（zuō）：自找不幸。

【简析】人要是胡乱闹腾就会引来灾祸，就像天连阴就会下雨一样。

## ☆ 忍得一时愤，终身无烦闷。

【简析】人即使遇到极其令人愤慨的事情，也应该控制住自己的情绪，决不能因一时之愤造成不可挽回的后果，导致终生烦恼、愁苦。

## ☆ 日食三颗枣，一辈子不显老。

【简析】红枣儿有多种人体需要的营养成分，可以补气安神，经常吃有利于健康。

☆ 日头长头发，大雨倾盆下。

☆ 日月穿梭催人老，人过青春没少年。

【简析】昼夜交替就像织布机穿梭一样，形容时间过得很快。此谚语告诉人们，时光宝贵，应该珍惜。

☆ 软面儿饼①，硬面儿汤②。

【注释】①饼：指烙饼。②汤：指面条儿汤。
【简析】烙饼的面应该和得软些，擀面条儿的面应该和得硬些。

☆ 瑞雪①兆②丰年。

【注释】①瑞雪：应时的雪。②兆：预示。

☆ 若①要人不知，除非己莫②为③。

【注释】①若：如果。②莫：不。③为：做。
【简析】也说“要想人不知，除非己莫为”。要想不让别人知道自己做的坏事，除非自己不做，想隐瞒是隐瞒不住的，早晚得露馅儿。

☆ 若要小儿安，三分饥和寒。

【简析】婴幼儿不可让他吃得过饱，捂盖得太厚，否则容易生病。

# S

## ☆ 仨人抬不过一个理字去。

【简析】别人在理上，你再多的人狡辩也没有用。

## ☆ 撒谎瞒不了当乡[①]人。

【注释】①当乡（dàngxiāng）：同乡。

## ☆ 三百六十行[①]，行行出状元。

【注释】①三百六十行：泛指各行各业。

## ☆ 三寸气在千般用，一旦无常[①]万事休。

【注释】①无常：委婉词。指人死去。
【简析】人活着，什么事情都可以做；人一死，就一切都完了。

## ☆ 三分治，七分养。

【简析】人若得了病，及时治疗固然重要，但更重要的是要精心调养，只有治养结合，才会取得比较好的效果。

## ☆ 三伏不受旱，一亩增[1]一石。

【注释】①增：增产。

【简析】此谚语是就大秋作物的生长情况来说的。

## ☆ 三个臭皮匠[1]，顶个诸葛亮[2]。

【注释】①皮匠（píjiang）：以修鞋为业的人。②诸葛亮：三国时期辅佐蜀汉的政治家、军事家，曾任蜀汉丞相，以足智多谋著称。

【简析】此谚语是说人多智慧多，解决困难问题的办法也多。

## ☆ 三个女人一台戏。

【简析】见“两个女人一面锣，三个女人一台戏”。

## ☆ 三九补[1]一冬，来年无病痛。

【注释】①补：滋补。指吃富有营养的食物。

## ☆ 三六九，往外走。

【简析】民间认为，一个月中逢三、六、九是好日子（吉利日子），利于出行。

## ☆ 三山六水一分田。

【简析】此谚语是说地球表面绝大部分是高山和海洋，耕地只占很小一部分。这是百姓对地球表面情况的概括认识。

☆ 三十年前人找病，三十年后病找人。

【简析】年纪轻的时候不知道做什么、怎样做对身体有害，做什么都很随意；到老了，疾病就慢慢都找上来了。

☆ 三十如狼，四十如虎。

【简析】此谚语是说男子进入壮年以后性的欲望极其强烈，性的动作几近疯狂。

☆ 三十三，大拐弯。

【简析】此谚语是说这个年龄的人已由青年进入中年，已经有了一定的人生阅历，在家可以撑起家业，在工作上也是骨干了。

☆ 三岁看小，七岁看老。

【简析】民间认为，在孩子三岁的时候，就可以看出他小时候有没有出息；到七岁的时候，就可以看出他成年以后有没有出息。

☆ 三天不分大小。

【简析】“三天”，指新媳妇儿过门儿三天之内。在这三天之内，不论辈分大小，都可以跟新媳妇儿开玩笑。过了这三天，就要明确辈分，只有叔嫂之间可以开玩笑，别人就不能开玩笑了。

## ☆ 三条腿儿的蛤蟆难找，两条腿儿的人有的是。

【简析】此谚语是说世界上的人有的是，你不行我再找别人，不是离了你不行。多用于寻求配偶不成功时（女子多用）。有时，也用于教育青年应先专心学习或工作，不必急于找对象，对象早晚都能找到。

## ☆ 三星儿①正南，家家儿拜年。

【注释】①三星儿：指猎户座中央三颗明亮的星。冬季，天将黑时从东方升起，天将亮时在西方落下。除夕夜，在正南方时刚好大约是在午夜，这时正是大家开始拜年的时候。

## ☆ 三月三，苣菜①上了天②。

【注释】①苣菜：苣荬菜。②上了天：形容已经长得很高。

## ☆ 三月茵陈①四月蒿，五月六月当柴烧。

【注释】①茵陈：一种中药。用嫩蒿草炮制而成，以三月的嫩蒿最佳，主要用于治疗黄疸病。

## ☆ 丧不报，纸不吊。

【简析】旧俗，亲朋间如果没有得到事主的殃榜（讣告条），则是不必去烧纸吊唁的，这样算作不知道别人也不能挑理。

☆ 扫帚响，粪堆儿长。

【简析】扫地能够把垃圾集中到一起，垃圾垫入圈中可以沤肥。如今，农业上主要用化肥，再也不用垃圾垫圈沤肥了，所以这句谚语也就过时了。

☆ 僧门两道，回汉两教。

【简析】“僧门两道”，指佛教和道教。回族和汉族，分属两个不同的宗教。

☆ 杀人偿命，欠债还钱。

【简析】民间认为，杀人就要偿命，欠别人的钱就要偿还。

☆ 沙土花生，黏土麦。

【简析】沙土利于花生生长，黏土利于小麦生长。

☆ 砂锅不打，一辈子不漏；道理不讲，一辈子不透。

☆ 筛子挡不住太阳，谬论辩不过真理。（满）

☆ 山高高不过太阳。

【简析】比喻一个人年岁再大，对比自己年纪小、辈分高的人也要尊重，该怎么称呼就得怎么称呼，该尽哪些晚辈礼节就得尽哪些晚辈礼节。

☆ 山庞儿大喽，什么鸟儿都有。

【注释】①山庞儿（shānpǎngr）：同“山盘儿”。此处指山的面积。

【简析】同“林子大喽，什么鸟儿都有”。

☆ 山水也有相逢日。

☆ 山外有山，天外有天。

【简析】此谚语是说人应该心胸开阔、见识高远，不应该坐井观天。

☆ 山西康百万，山东袁紫兰，抵不上一个孟洛川。

【简析】康百万、袁紫兰都是富可敌国的大商人，孟洛川为京城著名商号瑞蚨祥创办人、大掌柜。此谚语是说孟洛川的财富巨大。

☆ 善门难开，善门难闭。

【简析】善事不容易做，一旦做起来也不好收住。

☆ 善有善报，恶有恶报；不是不报，时候未到；时候一到，一切都报。

【简析】这是反映因果报应思想的谚语，也是佛教思想的反映。

### ☆ 善正月，恶五月。

【简析】在北京地区，正月正是天寒地冻的时候，百虫蛰伏，细菌不生，人们除了感冒外很少有季节性疾病；农历五月已进入夏季，阳光毒烈，蚊蝇滋生，细菌繁殖，人们容易得各种传染病。所以有“善正月，恶五月”之说。

### ☆ 伤筋动骨一百天。

【简析】筋骨受到了损伤，需要一百天（三个月）左右的时间才能完全好。

### ☆ 上炕不脱鞋，必是袜子破。

【简析】旧时，一般穷人家里缺少椅、凳等坐具，有客人来常常热情地让到炕上去坐。客人上炕前本应该脱鞋，如果不愿意脱鞋，那可能就是由于袜子破不好意思脱鞋。

### ☆ 上梁[①]不正下梁歪，根脚[②]不正倒下来。

【注释】①梁：房梁。②根脚（gēnjiao）：墙基。

【简析】比喻长辈或上级的行为作风不好，晚辈或下级的行为作风就不会好，因为上行下效。

### ☆ 上山擒[①]虎易，开口告[②]人难。

【注释】①擒：捉。②告：央求。

【简析】此谚语是说向人借钱、借物或央求别人帮助对于任何人来说都是难于开口的。

☆ 上山容易，下山难。

☆ 烧纸风刮了[1]，念经和尚宝。

【注释】①了：音 liǎo。

【简析】在坟头前烧纸，逝去的人根本得不到，灰烬都被风刮去了；请和尚念经超度，只是给了僧人们增加收入的机会，亡灵并没有得到什么好处。

☆ 少年夫妻老是伴儿。

☆ 少年贫，不算贫；老年贫，贫死人。

【简析】小孩儿如果经常跟别人要吃的或要小东西，那不算什么；如果老人经常跟别人要这要那，爱占小便宜，那就非常差劲了。

☆ 少壮不努力，老大徒伤[1]悲。

【注释】①徒：徒然。

【简析】青春年少时不勤奋努力，到了老年以后后悔伤心也没有用了。此谚语告诉人们，青春年少时就应该立志努力奋进。

☆ 舌头底下压死人。

【简析】比喻流言蜚语、造谣中伤能给人造成很大的伤害，使人名誉扫地抬不起头来，甚至置人于死地。

☆ 舍不得孩子，套不着狼。

【简析】比喻若想得到一个大的好处，必须先要有一定的投资或做比较大的冒险。

☆ 谁家烟囱先冒烟儿，谁家高粱先红尖儿。

【简析】此谚语是说腊八儿那天早晨做腊八儿粥做得越早越好，谁家腊八儿粥做得早，谁家本年的庄稼就成熟得早。实际上，腊八儿粥用料有的很硬，熬起来费火，须熬很长时间，所以熬腊八儿粥应该早起。

☆ 身大力不亏[①]。

【注释】①亏：亏欠；缺少。

【简析】身材高大，力气自然就大。

☆ 身正不怕影子斜，脚正不怕鞋歪。

【简析】比喻只要自身行为端正，就不怕别人说三道四、闲扯是非。

☆ 深栽茄子浅栽烟[①]，想吃白薯地皮粘[②]。

【注释】①烟：烟草。②地皮粘：将秧苗或枝条插入地的浅表。

### ☆ 什么葫芦出什么瓢，什么种子出什么苗。

【简析】比喻一个人的道德人品怎么样跟他的长辈有很大关系。

### ☆ 神鬼怕恶人[①]。

【注释】①恶人：心肠狠毒的人。

【简析】此谚语是说人要是凶恶连神鬼都怕。

### ☆ 生意靠官船，不愁肚儿圆[①]。

【注释】①肚儿圆：吃饱肚子。

【简析】旧时商业谚语。意思是，要想做买卖发大财，就得设法接近官府，取得官府的青睐和支持。

### ☆ 绳锯木断，水滴石穿。

【简析】比喻只要有恒心，肯下功夫，事情终究会成功。

### ☆ 省吃要在囤尖儿上，莫等无粮想有粮。

【简析】节省应该从最初开始，等东西快完了再注意节省就晚了。

### ☆ 省了盐，酸了酱；省了柴火[①]，睡凉炕[②]。

【注释】①柴火：做燃料用的树枝、庄稼的秸秆儿、杂草等。②炕：在屋子里用土坯或砖搭成的睡觉用的长方形台子，上面铺苇席，旁边有一处跟屋中的锅灶相连，下面有过烟火的孔道，并直通烟囱。

【简析】做酱舍不得放盐，酱就做不成；烧炕舍不得柴火，炕就不会热。此谚语说明过日子合理必要的开销还是应该的，过于俭省有时会使事情做不成。

## ☆ 省着，省着，窟窿儿等着。

【简析】指在吃穿用度上一个劲儿地节俭，但突然又来了一笔意想不到的开销。

## ☆ 胜者王侯，败者贼。

【简析】胜利者得到了权力以后，之前所做的什么都是对的；失败者没有得到权力，之前所做的什么都是不好的、错的。因为舆论在掌权者一边，以成败论英雄也是历朝历代的通病。此谚语源于成语“成王败寇”。

## ☆ 盛世兴收藏。

【简析】社会繁荣安定，人民生活富裕，容易形成文物收藏的风气。

## ☆ 失之毫厘，差之千里。

【简析】虽然只是有一点儿差错，但可能结果会造成很大错误。此谚语强调一点儿也不能错，必须准确无误。

## ☆ 师傅领进门，修行[1]在个人。

【注释】①修行：佛教徒或道教徒虔诚地学习教义，并按照教义去实行。此处指学习者要努力学习、钻研、掌握某种技艺或知识。

【简析】此谚语是说师傅只是指导学习的门径，要想取得成功，还要靠个人勤奋努力和用心钻研。

## ☆ 师徒如父子。

【简析】师傅与徒弟的关系跟父亲与儿子的关系一样。

## ☆ 虱子多喽不咬，账[1]多喽不愁。

【注释】①账：债。

【简析】比喻事情过多而难于应付时反而任由它去不再着急了。

## ☆ 十层单[1]赶不上[2]一层棉[3]。

【注释】①单：单衣。②赶不上：比不过。③棉：棉衣。

## ☆ 十分病，七分养。

【简析】此谚语是说得了病后调养的重要性。

## ☆ 十个光棍儿九个倔。

【简析】此谚语是说人成年以后如果长期过单身生活

就可能引起性格上的一些变化，如孤僻、不合群、倔头倔脑等。这种说法有一定片面性。

## ★ 十个纤[1]，九个空，拉上一号[2]就不轻[3]。

【注释】①纤：拉船的绳子。此处指“拉纤”，意为给房屋买卖做中介。②一号：一个 。③轻：这里指获利少。

【简析】此谚语是说从事房屋中介买卖的一般成功的几率很小，但一旦撮合成一桩买卖后收益就相当可观。

## ★ 十里不同风，百里不同俗。

【简析】相距十里，就会有婚丧嫁娶等方面的不同讲究；相距百里，就会有风俗习惯的差异。

## ★ 十年的鸡头赛砒霜[1]。

【注释】①砒霜：不纯的三氧化二砷，有剧毒。北京地区叫“信”。

【简析】此谚语是说老鸡鸡头内积存很多毒素，不宜食用。

## ★ 十七、十八，磨磨擦擦[1]。

【注释】①磨擦（móca）：做事慢慢腾腾。

【简析】此谚语是说农历十七日、十八日月亮出来得很晚。

## ☆ 十五不圆十六圆，十七十八短半边。

【简析】指月亮圆缺的情况。“十五”“十六”“十七”“十八”均指日期。此谚语的前半句常单用。

## ☆ 十月冰床①遍九城②。

【注释】①冰床：可在冰上滑行的工具。其上可坐人，可以用木棍撑，也可以用人力拉。②九城：指北京全城。

【简析】在北京，农历十月时大小河湖已经封冻，可以滑冰了。

## ☆ 十月一，送寒衣。

【简析】旧俗，农历十月初一这一天要给逝去的亲人送寒衣（即到坟前焚烧纸做的寒衣祭祀）。

## ☆ 时间好似长流水，只能流去不流回。

【简析】此谚语告诉人们应该珍惜时间。

## ☆ 食多伤身，话多伤人。

【简析】吃多了增加肠胃的负担，对身体有害；话说多了，言多易失，容易得罪人。

★ 食多伤胃，事多伤心。

★ 世上无难事，只怕心不专。

【简析】只要专心致志、刻苦努力，多难的事情都能做成（多用于学习方面）。

★ 世上无难事，只怕有心人。

【简析】只要用心观察、用心琢磨，什么样的技术活儿都能学会（多用于学手艺）。旧时，匠人带徒弟多不讲解，全靠徒弟一边跟师傅干一边观察琢磨。

★ 是儿不死，是财不散。

【简析】既然你儿子死了，就说明你命中不该有这个儿子；既然你的财物散失了，就说明你命中不该有这些财物。此谚语旧时用于对别人丧子或失财时的安慰。

★ 是福不是祸，是祸躲不过。

【简析】此谚语是说福祸无法预料，遇上灾祸也只好自认倒霉。

★ 是①狗改不了吃屎。

【注释】①是：凡是；只要是。

【简析】比喻某人坏的本性、毛病难以改易。

## ★ 是猫就避①鼠，是官就辖②民。

【注释】①避：使躲避。②辖：管辖，管治。

【简析】此谚语是说只要是在公家当差的人就会辖治普通老百姓。

## ★ 是亲三分向。

【简析】只要是跟本人有亲属关系或亲族关系的人跟旁人发生利害冲突，那人总是要偏向有亲属关系或亲族关系的一方。

## ★ 是秃护①秃，是瞎护瞎。

【注释】①护：此处指忌讳说、忌讳提。

【简析】比喻人有哪方面的生理缺陷都必然忌讳。

## ★ 是药三分毒。

【简析】无论西药、中药，凡是药都有毒性。有人认为，西药有副作用，中药没有副作用，这是不对的。实际上，应该能不吃药，尽量不吃药；可以少吃，就不要多吃。

## ★ 收①了文安洼，粮食没人抓②。

【注释】①收：丰收。②抓：这里指急买。

【简析】文安洼，位于河北省文安县的一个大洼，在大清河下游。1949 年前，十年九涝，一旦遇丰收年，次年京津保三角地区城乡集市卖粮的就很多。因为买粮的少，就出现了粮食滞销即“没人抓”的情况。

☆ 手大遮不过天来。

【简析】比喻权势再大，也不能管所有的人、所有的事；势力再大，也欺负不了所有的人。

☆ 手心手背都是肉。

【简析】比喻孩子都是自己的亲骨肉，对每个人没有亲疏之分（母亲常用）。

☆ 瘦死的骆驼比马大。

【简析】比喻原来富有的家庭即使衰败了，也比本来就不富裕的家庭财富多，经济实力强。

☆ 书到用时方①恨少，事到临头且②知难。

【注释】①方：才。②且：将。

☆ 熟读唐诗三百首①，不会作诗也会偷②。

【注释】①唐诗三百首：此处指《唐诗三百首》一书，清人孙洙选编。原为童蒙课本，后成了老幼皆宜的学习、吟咏读物，在社会上流传甚广，有广泛影响。②偷：此处指模仿。

【简析】此谚语是说要想学习写作就得多读经典名作，读得多了自然就会写了。

★ 熟人好办事。

【简析】中国历史上一直是人情社会，一直存在熟人好办事的现象。办事的时候，人们在熟人、亲朋面前往往容易失去原则，甚至违法犯罪。这是社会产生腐败的重要原因。

★ 暑热无君子。

【简析】炎炎夏季，酷热难耐，人们在大杂院儿、胡同儿中休息、闲逛，往往衣着随便，顾不得穿着是否得体。

★ 树老根多，人老病多。

★ 树怕剥皮，人怕伤心。

★ 涮肉何处嫩，要数东来顺。

【简析】东来顺，北京有名的清真馆，开业于1914年，店址在王府井东安市场北，以经营涮羊肉著称。今仍享誉京城。

★ 双桥好走，独木难行。

【简析】比喻做事情若离开了别人的帮助是很难成功的。

★ 霜降①不出葱，必有半截儿空。

【注释】①霜降：二十四节气之一，在10月23日或24日。

【简析】进霜降节气就应该刨大葱了，如果再留在地里不刨，葱就要变空了。

☆ 霜降不出土，不如土里捂。

【简析】在北京地区，种小麦的时间以秋分节气最为合适，霜降节气时已经较晚。耩（jiǎng）上的种子如果霜降节气出不来苗，就不如再耩晚些，让它当年出不来苗，等越冬后到第二年再出苗（土里捂）更好些。

☆ 霜降萝卜，立冬菜。

【简析】进霜降节气就应该收萝卜，否则萝卜就要变空；到立冬节气就应该收大白菜，因为立冬节气以后就要开始上冻，大白菜就不能生长了。

☆ 霜降见冰碴儿。

【简析】在北京地区，霜降节气以后地上、物上经常可以看到一层薄薄的冰霜。

☆ 水大漫不过桥去。

【简析】比喻做事要取得自己的长辈或顶头儿上司同意，不能自行其是。

☆ 水流千遭归大海，人行千里总归家。

【简析】此谚语的前半句常单用。

★ **水有源，树有根。**

【简析】比喻事情都有始末缘由。

★ **顺情说好话，直着讨人嫌。**

【简析】此谚语是说说话应该顺着别人说，说直理会令人不快。这是一种错误的处世态度。

★ **说谎瞒不了当地人。**

【简析】同“撒谎瞒不了当乡人”。

★ **说书的嘴，唱戏的腿。**

【简析】说书的在讲一段故事时，一略就可以隔过去若干年；唱戏的手摇马鞭在台上转上一圈儿，几百里地就走完了。

★ **死了①，死了，一死百了。**

【注释】①了：音 liǎo。

【简析】人一死，他所有牵挂的事、烦心发愁的事、耿耿于怀的事就都不存在了。

★ **死生有命，富贵在天。**

【简析】生死是由命运决定的，富贵是由上天安排的。此谚语告诉人们，人的一切只能听天由命，个人在命运面前是无能为力的。这是典型的宿命论观点。

## ☆ 死尸不离寸地。

【简析】旧时法律，疑为非正常死亡者的尸体未经当局司法人员的勘验是不能移动地方的。

## ☆ 死猪不怕开水烫。

【简析】比喻反正已经名声不好或工作、思想落后，再也不怕批评、责难甚或处罚，爱怎么样就怎么样的心理或生活态度。

## ☆ 四月初八，老鸹[①]啦一啦[②]。

【注释】①老鸹（lǎogua）：乌鸦。②啦一啦：叫一叫。

【简析】农历四月初，乌鸦在天空到处飞、到处叫，说明天已经暖和了。

## ☆ 送信儿的腊八儿粥[①]，要命的关东糖[②]，救命的煮饽饽[③]。

【注释】①腊八儿粥：农历腊月初八熬的一种粥，用米、豆、枣儿、栗子等煮成。②关东糖：一种麦芽糖，农历腊月二十三日祭灶时的祭品。③煮饽饽：水饺儿。

【简析】旧时习俗，当年的债务应在当年还。进入腊月，商家、债主就开始催讨欠款，而腊八儿粥是新年到来的信号，也是还债的信号。祭灶时，已到了还债的关键时刻，所以说

“要命的关东糖”。当欠债户贴挂（贴对联、神像、挂钱儿等）完，就说明该过年吃饺子了，债主就不应该再讨债了，再讨债就属于不人道了，而债务应该转入下一年，因为无论穷富都应该过一个痛快年，所以说“救命的煮饽饽”。

## ☆ 岁月不饶人。

【简析】同“年岁不饶人”。

## ☆ 孙猴儿①本事再大，也逃不出如来佛②的手心儿。

【注释】①孙猴儿：孙悟空。②如来佛：释迦牟尼。

【简析】比喻不是对方对手，不管怎样也逃脱不了人家的管辖与控制。

# T

☆ 台上一分钟，台下十年功。

【简析】这是演艺界谚语。比喻任何表演功夫都是经过长期艰苦学习训练得来的。

☆ 太阳发白，大雨就来。

☆ 太阳返照，明天晒得猫叫。

【简析】太阳在下山以前反而又照得西方明亮起来，说明明日是个极度炎热的大晴天。

☆ 贪多嚼不烂。

【简析】比喻同时想做很多事情时常常是件件都做不好。有时，也指学习应该循序渐进，不可贪多求快，因为贪多求快有可能效果不好。

☆ 贪贱吃穷人。

【简析】买食物时，觉得便宜就会多买，反而容易花出去更多的钱。

☆ 贪婪的人，身富心贱；知足的人，身贫[1]心高。（满）

【注释】①贫：贫贱；身份地位低下。

☆ 贪便宜就有害，爱小[1]就丢人。

【注释】①爱小：爱占小便宜，有把别人东西据为己有的毛病。

☆ 桃饱人，杏伤人，李子树底下撑死人。

【简析】桃儿吃多了有饱的感觉，杏儿吃多了容易使人受到伤害，李子吃多了可以把人撑死。此谚语是说杏儿和李子都不能多吃。

☆ 桃三年，杏四年，李子、核桃各五年，枣树当年就还钱。

【简析】此谚语是说桃、杏、李子、核桃、枣树这五种果树从栽植到结果的大致时间。

☆ 桃三杏四梨五年，核桃柿子六七年。

【简析】此谚语是说桃、杏、梨、核桃、柿子这五种果树从栽植到结果的大致时间。

☆ 桃三杏四梨五年，枣树当年就还钱。

【简析】此谚语是说桃、杏、梨、枣树这四种果树从栽植到结果的大致时间。

☆ 淘气[1]的小子是好的，淘气的闺女是巧的。

【注释】①淘气：调皮。

☆ 体强人欺病，体弱病欺人。

【简析】此谚语是说身体抵抗力强，人就不容易得病；身体抵抗力弱，人就容易得病。

☆ 天干不下雨，地干不长草。

【简析】比喻没有适宜的身体条件就不会怀孕。

☆ 天河[1]掉角儿[2]，夹[3]裤夹袄儿。

【注释】①天河：银河。②掉角儿：由南北走向变为略呈西南、东北走向。③夹（jiá）：双层布的（衣被）。

【简析】“天河掉角儿”，说明已进入晚秋季节，该穿夹衣了。

☆ 天热人又闷，下雨不用问。

【简析】夏天天气闷热，说明要下雨。

☆ 天上下雨地下滑，自己跌倒自己爬。

【简析】比喻犯了错误要自己主动改正。

☆ 天上有龙肉，地上有驴肉。

【简析】旧时，北京地区的人认为在肉类中驴肉最好吃。现在，烧饼夹驴肉大街小巷到处有售，相当受大众欢迎。

☆ 天塌下来有地接着。

【简析】比喻不要害怕，出现再大的问题也没有什么了不起。这是一种盲目乐观的消极心态。

☆ 天塌下来有高个子顶住。

【简析】同“天塌下来有地接着”。

☆ 天塌有大家，地塌有人家。

【简析】比喻若形成灾祸是大家一起遭殃，个人是不必担心和着急的。

☆ 天塌砸众人。

【简析】同“天塌下来有地接着”。

☆ 天无百日雨，人无一世穷。

【简析】此谚语告诉人们，受穷不要灰心气馁，只要坚持不懈地奋斗，总会有改变命运的一天，不会一辈子穷下去的。

☆ 天无绝人之路。

【简析】比喻再大的困难或问题最后总能找到解决的办法。

☆ 天下行业有三苦：撑船、打铁、卖豆腐。

☆ 天下绢花出①北京，北京的绢花出花儿市②。

【注释】①出：出自。②花儿市：指旧时的北京花儿市大街。

【简析】清代，满汉妇女特别是满族妇女有头戴花饰的风俗，大多戴的是人造花儿。因此，从崇文门外大街到白石桥大街一带出现了许多制花儿的作坊，专门制纸花儿、绒花儿、绢花儿，而人们买花儿也得到那里去，于是那里形成了制花儿、售花儿一条街，即花儿市大街。

☆ 天下老鸹一边儿黑。

【简析】比喻各地以剥削别人为生的人都一样的坏。多见于控诉地主、资本家罪行的讲演或文字中。

☆ 天下穷人是一家。

【简析】此为1949年以后的谚语，出现于20世纪50年代初对贫苦农民进行阶级教育时期。

## ☆ 天有不测[1]风云，人有旦夕祸福。

【注释】①不测：不可预料的。

【简析】人的灾祸是难以预料的，就好像刮风下雨不可预料一样。此谚语的前半句常用于比喻人突然遭遇某种灾祸。

## ☆ 天有三宝日月星，人有三宝精气神。

【简析】日月星的运行能维持宇宙生物的存在，人的精气神能保证人生命的维持并有活力。

## ☆ 添仓，添仓，小米儿干饭，杂面汤。

【简析】同“大添仓，小添仓……”。

## ☆ 铁打的白云观[1]，三猴儿不见面。

【注释】①白云观（Báiyúnguàn）：北京城内一座著名的道观。

【简析】旧俗，北京市民常到白云观打金钱眼、摸石猴儿祈福，春节期间尤甚，常常人山人海地排起条条长龙。“三猴儿不见面”，由于三个猴儿不在一起，一个在山门东侧浮雕的下面，一个在山门西侧墙的底座上，第三个在白云观最后边雷祖殿前石碑的下面。

## ☆ 铁打的衙门，流水的官。

【简析】官府是永远在那儿不会动的，官员却要流动调换。

## ☆ 铁打的营盘[①]，流水的兵。

【注释】①营盘：军营。

【简析】军营所在的地点是永久不变的，里边住的兵士却是不断换防流动的。

## ☆ 听话听音儿，锣鼓听声儿。

【简析】此谚语是说听别人说话要能听出话中隐含的意思或言外之意。

## ☆ 听人劝，吃饱饭。

【简析】此谚语是说听人劝告有好处。

## ☆ 听听不如转转，转转不如看看。

【简析】此谚语是说领导干部应该经常下基层做些调查研究，不应该只停留在听汇报。

## ☆ 同行是冤家。

【简析】此谚语是说同一行业的人因利害关系容易发生防范、猜疑、嫉妒和矛盾等。

## ☆ 偷来的锣鼓打不得。

【简析】比喻不光彩的事情不便声张。

☆ 头伏饺子，二伏面，三伏烙饼摊鸡蛋[①]。

【注释】①摊鸡蛋：煎鸡蛋。

【简析】此谚语是说北京地区在伏天三个交伏日都吃什么的习俗。

☆ 头伏萝卜二伏菜，三伏有雨得种麦。

【简析】此谚语是说三个伏天都适合种什么。

☆ 头九暖，九九寒。

【简析】数九开始时如果天比较暖和，那么可能整个冬天是比较冷的。

☆ 投[①]亲不如访友，访友不如住店。

【注释】①投：投奔。

【简析】外出住亲戚、朋友家双方都有不便，反而住旅店有各种方便。

☆ 兔一，猫二，狗三，猪四，羊五，马十一，驴十二。

【简析】此谚语是说兔、猫、狗、猪、羊、马、驴这七种动物怀孕多长时间就生产。数字“一”“二”“三”“四”“五”“十一”“十二”都是指的月数。

★ 兔子不吃窝边草。

【简析】兔子窝边的草在兔子休息的时候能够起到掩护兔子的作用。此谚语比喻坏人一般不在自己的家乡或邻里周围做坏事。

★ 兔子急了也咬人。

【简析】比喻善良温顺的人被逼急了也会拼命反抗。

★ 驼腰牛，弓腰驴。

【简析】此谚语是说牛和驴的体形不同，牛的背是向下驼的，驴的背是朝上弓的。

# W

☆ 外财不富命穷人。

【简析】一个人如果命中注定受穷，即使得到了一笔外财也发达不起来。这种说法是基于宿命论的观点。不过，人若想通过外财致富，无论如何都是不对的。

☆ 外甥子①是狗，吃喽就走。

【注释】①外甥子：北京地区，外孙子也可称“外甥子”。

【简析】此谚语是说外甥子在姥姥家、舅舅家吃东西毫不客气，想吃就吃，吃了想走就走。

☆ 外明不知里暗的事。

【简析】每家都有每家的情况，外人很难知道别家的内情和隐情。

☆ 晚饭吃姜赛砒霜。

【简析】中医理论，姜属热性食物，吃后容易促使身体发热，而晚上吃姜导致身体发热则不利于人安静入睡。

## ★ 晚上少吃一口，夜里舒服一宿[①]。

【注释】①一宿（xiǔ）：一夜。

【简析】这是近些年来养生家经常说的一句谚语。养生家认为，人的三顿饭中早饭、午饭以吃八成饱为宜，晚饭吃七成饱就可以了，多吃无益。上床睡觉的时候，感觉有点儿饿没关系，如果肚子饱饱的反而会影响睡眠，对身体健康不利。

## ★ 万事开头儿难。

【简析】任何事情都是刚开始难做，只要开了头做起来就容易多了。

## ★ 万丈高楼从地起。

【简析】比喻任何事情都是由小到大逐渐发展起来的。

## ★ 亡国奴不如丧家犬。

【简析】此谚语告诉人们，在国家处于生死存亡的时刻，任何人都应该奋起抵抗外来侵略者，决不能当亡国奴。

## ★ 王八[①]好当，气儿难生。

【注释】①王八：此处指妻子有外遇的人。

【简析】此谚语指妻子有外遇后当丈夫的所生的气最难忍受。

☆ 望山跑死马，指[①]赈饿死人。

【注释】①指：指望。

【简析】山高，所以很远就能看到，而行人看到山常常以为已经快到山下了，实际上离山下还很远呢。官府放赈，只能解决一时之饥，不能解决长期吃饭的问题。此谚语的前半句常单用。

☆ 为人不当差[①]，当差不自在。

【注释】①当差（chāi）：旧指当小官吏或差役。现泛指担任公职。

【简析】当差要受纪律约束，行动不自由，还要受上司的斥责和同僚的挤压，不如做一个老百姓自由自在。

☆ 苇叶翻身，大雨来临。

☆ 为嘴伤身后悔难。

【简析】如果为了贪吃而损伤了身体，再后悔也就来不及了。

☆ 未雨先有风，雨来也不凶。

【简析】雨来之前先刮风，雨不会下得很大。

☆ 蚊子咬人，不久雨来临。

【简析】下雨前，天气闷热，蚊子咬人咬得很厉害。

☆ 无[1]病休嫌瘦，身安莫怨贫。

【注释】①无：没有。

【简析】此谚语是说人首先应该追求身体健康、平平安安，其他都在其次。

☆ 无风不起浪。

【简析】比喻某传言一定有影子或有原因。

☆ 无功[1]不受禄[2]。

【注释】①功：功劳。②禄：俸禄。此处指奖赏。

【简析】没有功劳就不应当接受奖赏。

☆ 无官一身轻，有钱万事足。

【简析】没有官职，就不用操心和费心，就不用承担责任，反而轻松自在；只要有钱，什么事情都好办，都可以如愿。

☆ 无巧[1]不成书[2]。

【注释】①巧：凑巧，巧合。②书：此处指话本儿或评书中的故事。

【简析】没有非常巧合的情节，就不能创作出生动的讲唱故事。此谚语常用于指事情非常凑巧。

★ 无商不奸，无官不贪。

【简析】此谚语是说所有商人都奸猾，都唯利是图；所有当官儿的都爱财，都贪赃枉法。这种说法有一定的片面性。

★ 无债一身轻。

★ 无针不引线，无水不撑船。

【简析】比喻如果没有某人引荐和介绍，双方就不会认识并进而形成当前这种关系。

★ 无志之人常立志，有志之人立长志。

【简析】没有志向的人经常立志，今天说我要干这，明天说我要干那，最后什么也干不好；真正有志向的人确立了一个志向以后，就会朝着这个目标执着地拼搏下去，并努力实现它。

★ 五十出头儿，生个孙猴儿。

【简析】此谚语是说女人到五十多岁依然有可能生小孩儿。

★ 五十五，阎王爷数一数。

【简析】人到了三十五岁，身体发育已经到了顶点，以后就慢慢走下坡路了。到了五十五岁，身体又到了一个新阶段，得大病的时候就多了。旧时，人的寿命短，一般认为到了五十岁就进入老年了，这也是为什么五十岁生日始称大寿的缘故。

## ☆ 物以稀贵，母以子贵。

【简析】某种东西由于稀少就显得珍贵，母亲由于儿子而取得尊贵的地位。

# X

☆ 西北风，开天锁，日头出来红似火。

【简析】此谚语是说西北风可以把雾气吹散而带来大晴天。

☆ 戏法儿人人会变，巧妙各有不同。

【简析】此谚语常用于比喻任何技术性的工作都有水平高低的不同。

☆ 戏界无腔不学谭，食界无口不夸谭。

【简析】第一个“谭”指专工老生的京剧演员谭鑫培所创的谭派表演艺术，第二个“谭”指由广东南海人谭宗浚所创的谭家菜，二者都早年就享誉京城。

☆ 瞎子算卦两头儿截。

【简析】瞎子给人算卦时，往往根据算卦人所述的情况从两头儿进行估计推断，其实他们并没有能掐会算的本事。

## ☆ 下坡地[1]，三宗[2]宝：苣菜，柳芽儿，春不老[3]。

【注释】①下坡地：指离河较近、可以灌溉且常被水淹的地带。②宗：样。③春不老：春天田间生长的一种野菜。

【简析】农田离河近，夏天经常遭遇河水暴涨和泛滥，常常被淹导致农业受灾，所以农民在春天只好靠树叶、野菜度日。“苣菜”“春不老”为野菜，“柳芽儿”为春天柳树的嫩叶。

## ☆ 下雪不冷，化雪冷。

【简析】化雪时要从空气中吸收一定的热量，所以天气显得冷。

## ☆ 夏走十里不黑，冬走十里不亮[1]。

【注释】①亮：指天亮。

【简析】夏季白天长，天黑得晚，眼看天快黑了，走十里地以后还不黑；冬季夜长，天亮得晚，眼看天快亮了，走十里地以后还不亮。

## ☆ 夏至三庚[1]数头伏。

【注释】①三庚：第三个庚日，即第二十一天。

【简析】夏至开始后第三个庚日开始数伏。

## ☆ 夏至至短，冬至至长。

【简析】夏至以后，天开始一天比一天变短；冬至以后，天开始一天比一天变长。

☆ 先打闪，后打雷。

【简析】雷声和电火花在天空是同时爆发的，由于光传播的速度比声传播的速度快，所以雨天我们总是先看见打闪后听到雷声。

☆ 先见电，后见雷，大雨紧追随。

☆ 先雷后雨不长久，先雨后雷雨不停。

☆ 先买一张嘴，后买四条腿。

【简析】“一张嘴”，指人。“四条腿”，指家具。此谚语是说在有限的经济条件下，先得考虑吃饭问题，然后再说置办家具的问题。

☆ 先胖不算胖，后胖压塌炕。

【简析】比喻后来者居上。

☆ 先下毛雨没大雨，后下毛雨不晴天。

☆ 先下手为强，后下手遭殃。

【简析】先动手可以取得主动地位，或得到较多的好处；后动手常常处于被动地位，或什么好处也得不着。

☆ 先有潭柘寺，后有北京城。

【简析】民间认为，北京城是明初大臣刘基（字伯温）主持修建的，比建于晋代的潭柘寺要晚很多年。所以有此谚语。

☆ 闲饥儿难忍。

【简析】人在闲暇的时候饿起来更难于忍受。

☆ 县官不如现管。

【简析】职位高的官员不如职位低却直接负责的人说话管用。

☆ 小车儿[①]一转，香油白面。

【注释】①小车儿：木独轮手推车。

【简析】此谚语是说小车儿一动起来就能挣来好的饭食吃。意在说明应该通过劳动谋生，通过自己的辛勤劳动来改善自己的生活。

☆ 小孩儿的屁股，大人的脸。

【简析】旧俗，在北京地区，为了小孩儿拉屎、撒尿方便则常给其穿开裆裤，即使在严寒的冬天也露着屁股由大人抱着或自己在户外活动，而大人的脸在严寒的冬天也可以毫无遮挡地暴露在户外。所以说小孩儿的屁股、大人的脸部是人体最不怕冷的部位。

☆ 小孩儿的屁股，醉汉的嘴。

【简析】此谚语是说小孩儿的屁股随意拉屎，醉汉的嘴随意乱说。

## ☆ 小孩儿要管，小树儿要镩[①]。

【注释】①镩：切削掉树的旁侧枝杈。

【简析】此谚语重点是说孩子必须管教。

## ☆ 小寒[①]大寒[②]，滴水成团[③]。

【注释】①小寒：二十四节气之一，在1月5日、6日或7日。②大寒：二十四节气之一，在1月20日或21日。③团：团块儿，冰块儿。

【简析】此谚语是说小寒、大寒节气是一年中最冷的时节。

## ☆ 小寒大寒，杀猪过年。

【简析】到了小寒、大寒节气，就说明一年将尽，该过新年了。

## ☆ 小伙子坏，姑娘爱。

【简析】同“男人坏，女人爱”。

## ☆ 小满不满，干断水源。

【简析】小满节气时如果不下雨把湖灌满，水源就要枯断。

## ☆ 小满芝麻芒种谷。

【简析】小满节气是种芝麻的时候，芒种节气是种谷子的时候。

### ☆ 小暑[①]大暑[②]，灌死老鼠。

【注释】①小暑：二十四节气之一，在7月6日、7日或8日。②大暑：二十四节气之一，在7月22日、23日或24日。

【简析】小暑节气和大暑节气的一个月时间正是雨季，经常下得沟满壕平，而在地下生活的老鼠的日子自然也不好过活。此谚语是说小暑、大暑这两个节气经常下大雨。

### ☆ 小暑大暑，上蒸下煮。

【简析】小暑节气和大暑节气的一个月时间正是雨季，天气炎热潮湿，常常使人有闷热难耐的感觉。

### ☆ 小雪[①]不封地[②]，大雪[③]不叉河[④]。

【注释】①小雪：二十四节气之一，在11月22日或23日。②封地：土地冻结。③大雪：二十四节气之一，在12月6日、7日或8日。④叉河（cháhé）：河水结冰封冻。

【简析】小雪节气如果地面不封冻，大雪节气河水就可能不封冻。

### ☆ 小雪雪满天，来年必丰年。

【简析】小雪节气如果下大雪，来年必然是个丰收年。

### ☆ 小子不吃十年闲。

【简析】此谚语是说男孩子十岁以后就可以做父亲的帮手了。

## ☆ 小子尿尿一条线，闺女[1]尿尿一大片。

【注释】①闺女：女孩子。

【简析】这是关于男女孩童生理的谚语。

## ☆ 小卒儿过河，混吃海喝。

【简析】象棋谚语。此谚语是说卒子过界河以后很容易吃别的子儿，对方对它往往无能为力。

## ☆ 小卒子过河当车使。

【简析】象棋谚语。此谚语常用于比喻，意为不太重要或不怎么得力的人在某个合适的场合也可以发挥重大的作用。

## ☆ 孝头，满街流。

【简析】旧俗，在北京地区，如果老人过世，晚辈见到乡亲邻里得给乡亲邻里磕丧头，不管对方辈分大小、年龄长幼，须见人就磕。

## ☆ 笑话[1]什么也别笑话人有病。

【注释】①笑话：讥笑；耻笑。

【简析】甭管贫贱富贵，任何人都免不了生病，谁也不知道自己将来会生什么病，所以笑话别人生病是不对的，也是个人修养极差的表现。

☆ 笑[1]破不笑补[2]。

【注释】①笑：耻笑。②补：缝补。

【简析】此谚语反映了旧时的一种着装观念。如果衣服破了不补依然穿在身上应该笑话他，因为这是肋腻的表现；如果衣服破了经过缝补又穿在身上就不应该笑话他，因为这是在穿着方面节俭的表现。在着装方面，中国人向来崇尚“衣贵洁，不贵华”“新三年，旧三年，缝缝补补又三年”的传统。

☆ 笑一笑，十年少；愁一愁，白了头。

【简析】高兴愉快能使人年轻，烦忧愁苦容易使人衰老。

☆ 鞋不大丝[1]，衣不大寸。

【注释】①丝：长度单位。10 丝为 1 毫米。

【简析】我们所穿的鞋子、衣服大一点儿可以，但不能大很多；如果大得过多，就穿着不舒服或难看。

☆ 写字不要描，拉屎不要瞧。

【简析】此谚语重点在告诉初学书法的入门者，如果看到字哪儿没写好便再用笔描一描，这样是练不出真功夫的。

☆ 心病要用心法医，解铃还须系铃人。

☆ 心到神知，上供[1]人吃。

【注释】①上供：在神佛像前摆上供品请神佛享用。

【简析】只要心意尽到了，神佛就会知道，而贡品摆上供桌敬神以后从来都是要被人吃掉的。

★ 心急吃不了热豆腐。

【简析】比喻做事情不可着急，着急反而办不成事情。

★ 心急吃不上煤火饭。

【简析】农家燃煤的炉灶不用时是封住的，做饭前要先打开火等火慢慢着旺再做饭，而柴灶点着火就可以做饭。相对于柴灶，煤火要慢一些，所以有此说法。

★ 心静自然凉。

【简析】在炎热的夏天，内心平静下来（不要烦躁不安），身体自然就觉得凉快一些。

★ 心里没病不怕冷[①]年糕。

【注释】①冷：凉。
【简析】比喻行为端正，没做亏心事和坏事，就不怕别人议论或猜疑。

★ 新盖的茅房[①]三天香。

【注释】①茅房：厕所。
【简析】比喻开始靠着新鲜劲儿喜欢，过一阵子不新鲜了就不喜欢了。

## ☆ 新官不理旧事。

【简析】新任官员一般不处理已卸任官员遗留下来的问题，以免陷入不必要的纠纷和麻烦。

## ☆ 新官上任三把火。

【简析】新官初到一个地方任职总要大干一番，常通过几件事情以显示自己的能力并建立威信，但时间长了就转入正常工作状态了。

## ☆ 新三年，旧三年，缝缝补补又三年。

【简析】旧时，人们认为穿衣服应该节俭，能凑合穿就尽量不换新的。

## ☆ 新鞋不踩臭狗屎。

【简析】同“好鞋不踩臭狗屎”。

## ☆ 秀才[1]不出门，能知天下闻。

【注释】①秀才：明清两代通过最低一级考试得以在府、县学读书的人为生员，通称秀才。

【简析】读书人有阅读能力，又较一般人交际广泛，所以不出自己的家门就能知道很多天下的事情。

☆ 秀才饿死不卖书。

【简析】此谚语是说读书人视书如生命。

☆ 秀才遇到兵，有理说不清。

【简析】知书达理的人跟蛮横无知的人发生矛盾纠纷时，你没有办法跟他说理，因为他不懂道理。

☆ 学得好不如嫁得好。

【简析】此谚语是说女孩子学习成绩好，不一定能找到好工作，过上好生活；如果能找到一个有本事的男人，一定会过上好生活。这是一种片面性的说法。

☆ 学好数理化，走遍天下都不怕。

【简析】这是20世纪三四十年代的谚语。当时，中国工业落后，特别需要懂得科学技术的人才，学好数理化等科学技术知识到哪儿都能找到个好工作，所以有“走遍天下都不怕”的说法。此口号一直流行到20世纪50年代。

☆ 学如逆水行舟，不进则退。

【简析】学习应该天天进步，不进步就是退步。

★ 雪梨配茶，气得大夫满地爬。

【简析】中医认为，雪梨配茶有清热润肺止咳之功效，适宜初春饮用。

# Y

☆ 鸭儿，鸭儿，二十八儿。

【简析】用鸭蛋孵小鸭儿需用二十八天的时间。

☆ 牙不剔不稀，耳不掏不聋。

【简析】总是剔牙容易使牙缝子变大，总是掏耳朵容易伤害耳膜，并使耳朵变聋。

☆ 牙疼不算病，疼起来要喽命。

【简析】此谚语是说牙疼算不得大病，疼起来却很厉害，使人难以忍受。

☆ 衙门口儿朝南开，有理没钱别进来。

【简析】旧时，官府办案时官员多贪赃枉法，打官司花费巨大，穷人是打不起官司的。

☆ 淹死会水的，打死犟嘴的。

【简析】会游泳的，不怕水，常常被水淹死；不会游泳的，见水就害怕，不敢到深的地方去，就不会被水淹死。犟嘴的孩子，常常挨打；乖顺的孩子，讨人喜欢，不会挨打。

☆ 言多易失，事多伤心。

【简析】话说多了容易出错儿，事情多了容易费心思、劳神。

☆ 阎王好见，小鬼儿难搪。

【简析】比喻大官儿往往好说话，大官儿的下属倒往往胡来乱来难以应付。

☆ 眼不见为净。

【简析】没看见干净不干净，就当作它干净。此谚语比喻不合自己心意的事或烦心的事不看见也就跟没有一样。

☆ 眼不见，心不烦。

【简析】烦心的事，看不见就等于没有，也就不会有烦恼。这是一种自我安慰语。

☆ 眼不见，一大片。

【简析】烦心的事，看不见就跟没有一样。这是一种自我安慰语。“一大片”，意为眼前白茫茫的什么也没有。

☆ 燕儿来不过三月三，燕儿走不过九月九。

【简析】燕子自南方迁来在农历三月初，迁走到南方去在农历九月初。

☆ 燕子飞得低，顷刻就有雨。

☆ 羊吃麦苗，连吃带刨。

【简析】旧时，在北京地区，大地封冻以后可以在麦田放牧，认为马、牛、驴、骡吃麦子的叶子不会影响来年麦子的生长，但唯独不可放羊，因为羊边用嘴吃边用爪子刨，这样会伤害麦子的根部并造成麦苗死亡，从而影响来年麦子的产量。

☆ 羊吃碰头草。

【简析】羊吃草是一边朝前走一边吃，是不看两边草的好坏的，也是不会歪头吃两边草的。

☆ 羊儿吃草不下山，明儿出门儿带把伞。

【简析】放羊时，羊如果傍晚时该回家不愿意回家并还一个劲儿地吃草，那么明天可能就是个下雨天。

☆ 扬旗一落，火车到。

【简析】“扬旗”，车站上所挂的火车即将进站的标志。扬旗一倒下，就说明火车即将进站，用以提醒工作人员做好接车准备。

☆ 杨树狗儿①落地，地化②通。

【注释】①杨树狗儿：也叫汪汪狗儿，指杨树的花穗。②化：融化。

【简析】春天杨树的花穗纷纷往地下落的时候，就是大地已经完全融化了的时候。

☆ 仰脸儿老婆，低头儿汉。

【简析】走路时仰着脸的女人常常是泼妇，因为她表现出十分傲慢且什么也不在乎的样子；走路时低着头的男人常常是城府很深的人，因为他走路时还在思考，这两类人都是不容易对付的。这种说法有一定的片面性。

☆ 养兵千日，用兵一时。

【简析】此谚语是说平时养兵就是为了一旦有战事时使用。现常泛指。

☆ 养不教，父之过。

【简析】生养他如果不对他进行教育，这是当父亲的过错。这是启蒙读物《三字经》里的名句，家喻户晓。

☆ 养得起猪，就垒得起圈；娶得起媳妇儿，就管得起饭。

★ 养儿防老，积谷防饥。

【简析】此谚语重点说养儿防老。现代社会，光靠儿女养老已经不行了，社会养老将是今后的大趋势。

★ 养儿别样俩，养俩轮官马①。

【注释】①轮官马：像官马一样轮流到各家去吃饭。

★ 养花儿不如种树，养鸟儿不如喂鸡。

【简析】养花儿只是供看一看而已，种树待树成材以后却可以盖房、做家具，果树还可以结果实；养鸟儿只可以听一听它的鸣叫，喂鸡却可以下蛋卖钱。

★ 幺①二三的糜黍，四五六的谷。

【注释】①幺（yāo）：一。
【简析】这是指糜黍、谷子幼时间苗时每墩所留的相宜棵数。

★ 咬人的狗不叫。

【简析】比喻心肠狠毒的人常常不动声色，不显山露水儿。

★ 药补不如食补。

【简析】用药物滋补身体不如用食物滋补身体。

## ☆ 要饱家常饭，要暖粗布衣。

【简析】家常饭虽然普通，却让人吃得饱，吃得舒服；粗布衣虽然不讲究，但实用，穿着能够保暖。

## ☆ 要发家，芝麻瓜。

【简析】芝麻值钱，瓜得钱快，所以说种这两种农作物较种其他大田作物收益多。

## ☆ 要发家，种棉花。

【简析】在大田农作物中，棉花属经济作物，较其他农作物值钱，所以说种棉花容易发家致富。不过，京郊农民过去没有种棉花的习惯。1949 年以后，政府提倡种棉花，所以提出了此口号。

## ☆ 要喝水儿，燎壶嘴儿。

【简析】此谚语是说在炉火上用壶烧开水时要想让水开得快些，就要让壶嘴儿下面对着火焰。

## ☆ 要想长寿，先戒烟酒。（满）

【简析】此谚语非常符合现代医学常识，因为长期吸烟、过量饮酒肯定对身体有害。酒伤肝，烟伤肺，吸烟是得肺癌的重要诱因。

☆ 要想吃炒肝儿[①]，鼓楼一拐弯儿。

【注释】①炒肝儿：北京的一种风味儿小吃。猪大肠、猪肝经炒烩、勾芡形成卤汁，再加蒜茸等制作而成。一般作为早点，与烧饼、火烧、包子等一起吃。

【简析】北京城内鼓楼附近有一家经营炒肝的店铺，所做的炒肝非常地道。

☆ 要想人不知，除非己莫为。

【简析】同"若要人不知，除非己莫为"。

☆ 夜长了梦多，舌头长了事儿多。

【简析】此谚语是说说闲话、传闲话容易带来不必要的麻烦。

☆ 夜里星光明，明日依然晴。

☆ 一把椅子轮流坐，当了媳妇儿当婆婆。

☆ 一步儿赶不上，步步儿赶不上。

【简析】比喻只要一次落在了别人后面，以后一次次总也赶不上。用于泛指。

☆ 一层肚皮一层山，隔层肚皮不相连。

【简析】比喻亲属关系的远近决定亲情的大小，没有亲属关系就没有亲情。

☆ 一场春风一场暖，一场秋雨一场寒。

☆ 一场秋雨一场寒，十场秋雨穿上棉。

☆ 一场秋雨一场凉。

☆ 一朝天子一朝臣。

【简析】换一个皇帝，就换一拨儿大臣。此谚语比喻换一个领导就换一拨儿手下的人。

☆ 一寸光阴一寸金，寸金难买寸光阴。

【简析】此谚语是说时光的宝贵。常用于告诫年轻人不可随意浪费大好时光，必须珍惜时间，并抓紧学习文化知识。

☆ 一寸瑞雪一寸金。

【简析】冬雪能增加耕地的水分，使来年减少春旱的可能，有利于夏季作物的丰收。

☆ 一等二盼三落空，一学二干三成功。

【简析】此谚语说明凡事应该亲自动手做，只有亲自动手做才能成功；如果不自己亲手做、亲自干，就没有成功的希望。

☆ 一滴春水一滴油。

【简析】华北地区的春旱有历史性。此谚语是就华北地区说的，所谓“春雨贵如油”。

☆ 一点儿一个泡，还有大雨到。

【简析】所谓“一点儿一个泡”，就是雨点儿从天空中落下掉在水面儿上砸出了一个水泡儿。

☆ 一儿一女一枝花，儿女多了是冤家。

【简析】生养一儿一女最好，儿女多了是累赘，会造成家庭经济困难，并使父母受苦。

☆ 一方水土养一方人。

【简析】一个地方有一个地方的资源优势和环境优势，人们都是依靠本地区的资源优势和环境优势而生活的。

☆ 一分精神一分财，十分精神财就来。

【简析】此谚语是说过日子需要打起精神干，精气神儿大小、干劲儿大小决定日子好坏。要想把日子过好，就得靠平日勤奋。

☆ 一分钱难倒英雄汉。

【简析】一分钱虽少，缺少这一分钱有时就办不成事。

☆ 一赶三不卖。

【简析】买东西的时候，买的人越着急，卖的人就越不着急卖，就越往上抬价儿。

☆ 一个槽[①]上拴不住[②]俩叫驴。

【注释】①槽：喂牲口时盛草料的长方形的周围有帮的器具。②拴不住：不能拴。

【简析】指两强相遇必然争斗，所谓"一山不容二虎"。

☆ 一个巴掌儿拍不响。

【简析】比喻发生纠纷或引起争吵、斗殴等时双方都有责任，不能只责怪一方。

☆ 一个姑爷[①]半个儿。

【注释】①姑爷：岳父母家对女婿的称呼。

【简析】女婿对岳父母来说能起到半个儿子的作用。

☆ 一个和尚挑水吃，两个和尚抬水吃，三个和尚没水吃。

【简析】比喻人多做事时你靠我、我靠你都不愿意出力，反而事情做不好；或者互相推诿，谁都不做。

☆ 一个师傅一个令儿，一个马勺一个柄儿。

【简析】此谚语是说不同的师傅有不同的教法。

☆ 一回生[①]，二回熟[②]。

【注释】①生：生疏。②熟：熟练；熟悉。

【简析】指工作刚开始做时不熟悉，做的次数多了就熟悉了。也指人初次见面不熟悉，以后交往次数多了就熟悉了。

### ☆ 一家瞧人[①]两家费[②]。

【注释】①瞧人：去亲戚、朋友家看望。②费：增加花费。

【简析】瞧人要准备礼物，被瞧的人家要准备好好招待，两家都要花费些钱，所以说“一家瞧人两家费”。

### ☆ 一家人不说两家话。

【简析】比喻自己人不必客气，不必见外。

### ☆ 一家有女，百家求[①]。

【注释】①求：求婚。

【简析】此谚语是说家有女孩子必然有许多人家托媒人来说亲。

### ☆ 一家有事，四邻不安。

【简析】此谚语所指的事为不好的事。

### ☆ 一进彰仪门[①]，银子碰倒人。

【注释】①彰仪门：北京广安门的俗称。

【简析】明清时期，广安门是南方各省陆路进京的必经门户。当时，广安门大街店铺林立，市面繁荣，商业十分发达，所以有此谚语。

☆ 一客不烦二主。

【简析】一件事情只麻烦一个人，不再麻烦第二个人。

☆ 一亩园，三亩田。

【简析】指种蔬菜的收入是种大田作物收入的三倍。

☆ 一年打俩春，黄土变成金。

【简析】民间认为，一年两个立春当年一定是好年景。此说法没有科学依据。

☆ 一年富，拾粪土；常年富，种果树。

【简析】此谚语告诉人们，种果树是发家致富的捷径。

☆ 一年烧山十年穷。

【简析】烧山必然毁林，毁林就是毁损资源，而没有了资源自然就会受穷。

☆ 一年之计在于春，一日之计在于晨。

【简析】此谚语是说每年、每月、每日干什么都要事先有个计划。

☆ 一人得道[1]，鸡犬升天。

【注释】①得道：指修炼成仙。
【简析】比喻一个人做官得势，其亲属手下都沾光发迹。

☆ 一人节约三尺布，两人节约一条裤。（满）

☆ 一人难称[1]百人心。

【注释】①称（chèn）：适合。
【简析】指办事情很难使所有人都满意。

☆ 一人做事一人当。

【简析】谁做的事谁承担责任，与别人无关。

☆ 一日夫妻百日恩，百日恩情似海深。

【简析】形容夫妻间感情深厚。

☆ 一日难再晨，岁月不等人。

【简析】此谚语是说时光过得很快，应该抓紧谋划自己的一生，抓紧做自己应该做的事情。

☆ 一日三枣，长生不老。

【简析】此谚语是说每天坚持吃大红枣儿有利于身体健康，能够健康长寿。

☆ 一日为师，终身为父。

【简析】只要是自己的师傅，即使教的时间很短，一辈子都要把他当作父亲一样的长辈对待。

☆ 一树果子有大小，十个指头有长短。

【简析】比喻人有各种各样。

☆ 一岁①难过关，唯有②三伏天。

【注释】①岁：年。②唯有：只有。

【简析】三伏天天气炎热，是一年中最难过的时候，所以被比喻为难过的关。

☆ 一物降①一物，卤水降豆腐。

【注释】①降：降伏。

【简析】比喻每个人都有他所怕的人，也有怕他的人。

☆ 一掀①三不开②。

【注释】①掀：掀起。此处指掀起锅盖。②开：开锅。

【简析】当盖锅盖烧开水准备熬粥等时，不要为着急开锅频频掀锅盖看，那样会开得更慢。

☆ 一笑解千愁。

【简析】此谚语是说笑一笑能够解除许多烦恼忧愁。

## ★ 一心不可二用。

【简析】指做事情要专心致志。常用于指学习时要专心，不可旁骛分神。

## ★ 一招儿鲜[①]，吃遍天[②]。

【注释】①鲜：新鲜，绝妙。②天：天下。多数情况下指全国各地。

【简析】只要有一技之长，到哪儿都能谋生，到哪儿都饿不着。

## ★ 一朝被蛇咬，十年怕井绳。

【简析】比喻受到一次伤害以后就心存余悸，再也不敢做同类的事情。

## ★ 一州管三县。

【简析】这是指清代的行政建制。

## ★ 一咒[①]十年壮，鬼神不敢傍。

【注释】①咒：诅咒；咒骂。

【简析】此谚语源于《名贤集》“人有十年壮，鬼神不敢傍”。意思是，咒骂人对被咒骂者毫发无损，被咒骂者不必去管它。

☆ 一醉解千愁。

【简析】喝醉了酒就什么忧愁都忘了。此谚语是说酒有排解忧烦的作用。这种说法有一定的片面性。

☆ 衣不如新，人不如旧。

【简析】衣服是越新越好，人是交往的时间越久越好。

☆ 艺高人胆大。

【简析】谁的技艺高超，谁的胆子就大。

☆ 阴来阴去下大雨，病来病去病死人。

【简析】此谚语重点是说不断得病就有生命危险。

☆ 英雄难过美人关。

【简析】英雄好汉常因女色诱惑而贻误大事或身败名裂。

☆ 樱桃好吃树难栽。

【简析】比喻要想过上幸福的生活，必须付出艰苦的努力。

☆ 鹰饱不拿兔，兔饱不出窝。

【简析】比喻生活得到了满足，就不愿意再好好儿干了。此谚语的前半句常单用，主要用于指斥孩子。

## ☆ 迎霜[①]不漤柿[②]。

【注释】①迎霜：在即将下霜前的一些日子。②漤柿（lǎnshì）：将柿子放在石灰水中浸泡，以除去它的涩味儿。

【简析】秋天柿子下树，为了去掉它的涩味儿，就要漤过之后再吃，而不漤的柿子是不能吃的（所谓“涩得拉不开舌头”）；到快下霜时（接近霜降节气）下树的柿子，基本可以吃了，就不再需要漤了。

## ☆ 有病不瞒医。

【简析】身体哪部分有病不能对医生隐瞒，更不能忌讳让医生看。

## ☆ 有病方知康[①]是仙[②]。

【注释】①康：健康；身体好。②仙：神仙。

【简析】平时人们往往不知道身体健康的重要，也不注意保养和锻炼自己的身体，只有身体有病了才知道健康的重要。

## ☆ 有病乱投医。

【简析】同“病急乱投医”。

## ☆ 有错拿的，没错放[①]的。

【注释】①放：释放。

【简析】司法部门抓人有时会抓错，但绝不会错放。因为嫌犯到了司法部门以后要经过一道道繁杂的审理程序，如果不是百分之百地确定没有犯罪，嫌犯是不会轻易获释的。

☆ 有毒的不吃，犯法的不做。

☆ 有福之人不用忙①，无福之人跑②断肠。

【注释】①忙：着急。②跑：奔波。

【简析】有福气的人，不用着急，好事也会自然一个个降临；没有福气的人，到处奔波劳碌也没有用。

☆ 有后娘就有后爹。

【简析】旧时，续弦一般对前妻的孩子不好，孩子的父亲也往往迁就续弦而按其意愿行事，因此也会对自己的孩子不好。

☆ 有理不在声高。

☆ 有理讲倒人。

☆ 有理走遍天下，无理寸步难行。

☆ 有名儿的三千六，没名儿的数不清。

【简析】此谚语是形容北京的胡同儿多。

☆ 有屁股就不愁打，有小就不愁大。

【简析】此谚语是说不必着急，小孩子慢慢就长大了。

## ☆ 有钱便是爷。

【简析】此谚语是说商品社会里人们对金钱崇拜的特点：有钱说话就有人听，有钱说话就有分量，有钱任何事情都好办。

## ☆ 有钱不买半年闲。

【简析】当时用不着的东西即使便宜也不要买，因为它闲置起来就要白白占用你的资金。

## ☆ 有钱不住东西房，冬不暖来夏不凉。

【简析】冬天，东西房都迎北风，比北房冷；夏天，西房上午东晒，东房下午西晒。所以说住东西房冬不暖、夏不凉。

## ☆ 有钱的王八大三辈儿，没钱的秀才门角蹲。

【简析】此谚语是说人有钱才有身份、有地位。

## ☆ 有钱就听梅兰芳①，没钱不听瞎②汪汪③。

【注释】①梅兰芳（1894—1961）：著名京剧表演艺术家，京剧四大名旦之一。在长期的艺术实践中，梅兰芳形成了自己的表演风格，被世人称为“梅派”。②瞎：胡乱。③汪汪：狗叫声。

【简析】此谚语是说有钱听戏就听梅兰芳的演唱，没钱听梅兰芳唱戏就干脆不听戏。意在说明梅兰芳的演唱水平比其他人高出很多。

## ☆ 有钱难买老来瘦。

【简析】人进入老年以后，瘦一点儿有利于健康，可以减少一些得老年病的机会，如得糖尿病、心脏病、高血压等的几率就比体胖者少些。

## ☆ 有钱难买五月旱，六月连雨天吃饱饭。

【简析】五月旱，有利于把田间的杂草锄干净，加上充足的阳光照射，这样会使幼苗长得慢且长得敦实；如果幼苗时期总是阴天下雨，幼苗就会长得稚嫩，遇风吹雨打就会倒伏或折断。等幼苗经过大约一个月时间长结实了再遇六月连雨天，此时庄稼得到了充足的雨水，就会迅速地成长起来。此谚语反映了华北地区种大田作物的经验。

## ☆ 有钱能使鬼推磨。

【简析】此谚语反映了金钱万能的思想。

## ☆ 有剩儿，没剩女。

【简析】此谚语是说男子有找不着妻子的，女子没有嫁不出去的。这是旧时的情况。当下，社会上是剩男、剩女都有，而且大城市是剩女远多于剩男。不过，“剩女”“剩男”的内涵跟旧时是有所差别的。

## ☆ 有什么也别有病，没什么也别没钱。

【简析】有什么都好，就是有病不好；没有什么都没关系，就是别没钱，因为没钱就生活无着、寸步难行。

☆ 有小爷爷儿，没小爸爸儿。

【简析】在一个家族中，因辈分的关系，爷爷有时比孙子年龄还小，而爸爸却没有比儿子年龄小的。

☆ 有缘千里来相会，无缘对面不相逢。

【简析】此谚语是说人的各种相遇都是缘分。

☆ 有志不在年高，无志空活百岁。

【简析】人有志气不在年长年幼，只要有志气，年纪小也能有大作为；没有志气的人，活到一百岁也没有用，照样是无所作为。

☆ 又要好，又要跑，又要小驴儿不吃草。

【简析】比喻对下属要求苛刻。

☆ 鱼翻花[①]，有雨下。

【注释】①鱼翻花：鱼在水中跳跃翻腾。

【简析】鱼在水面蹦跳，是由于天气闷热使水里缺氧所致，说明天要下雨了。

### ☆ 鱼生火，肉生痰，白菜豆腐保平安。

【简析】此谚语是说在饮食上总是大鱼大肉对健康不利，多吃素食对身体有好处。但是，穷人往往吃不起鱼肉，所以此谚语有时也作为穷人的自嘲自慰语。

### ☆ 鱼生火，肉生痰，棒子面儿①窝头是大粒丸②。

【注释】①棒子面儿：玉米面。②大粒丸：大的丸药。

【简析】吃棒子面儿窝头有利于健康。此谚语也是穷苦百姓平日吃不上好饭食的一种自慰语。

### ☆ 鱼虾乱跳，大雨来到。

【简析】同“鱼翻花，有雨下”。

### ☆ 鱼找鱼，虾找虾，乌龟单找大王八。

【简析】同“鲃鱼找鲃鱼，鲇鱼找鲇鱼，王八找大甲鱼”。

### ☆ 与人方便，自己方便。

【简析】此谚语见于启蒙读物《名贤集》，现在依然常说。

### ☆ 雨洒清明好年景。

【简析】清明节下的雨属春雨，“春雨贵如油”，所以说清明节下雨是年景好的征兆。

### ★ 雨种豆子晴种棉，种菜最好连阴天。

【简析】连阴天种菜，种后不用马上浇水便可以成活。

### ★ 玉不琢①，不成器②。

【注释】①琢：雕琢。②器：器具。

【简析】此谚语常用于比喻人必须经过培养教育，才能懂得做人的道理，才能成才。见于启蒙读物《三字经》。

### ★ 远道儿没轻载。

【简析】东西即使不太重，背负的路程远了也会觉得累。

### ★ 远来的和尚会念经。

【简析】一般人在心理上往往迷信外来人员，总以为外来人比本地区、本单位的人水平高、本事大。

### ★ 远怕水，近怕鬼。

【简析】在远离家乡的地方涉水，不知道水的深浅，就容易害怕；在自己的住家附近活动，知道谁死在这里了，也容易害怕。

### ★ 远亲不如近邻，近邻不如对门。

【简析】有急难之事时，邻居很快就可以给予帮助，但亲戚由于居住地遥远是很难帮上忙的。此谚语的前半句是传统说法，经常单用；后半句是近年人们增补的。

☆ 远水解不了近渴。

【简析】比喻远处的好条件解决不了眼前的急需。

☆ 月到中秋分外明，人到中年万事休。

【简析】人到中年正是年富力强的时候，人生经验也已经积累了不少，怎么能说是“万事休”了呢？即使到了老年，不少人依然在追求“老有所学，老有所用，老有所为”，也不能说已经“万事休”了。此谚语是说人要想成就一番事业，必须在青少年时期就立志拼搏，否则就晚了。

☆ 月亮生毛，大雨滔滔。

☆ 月披纱，有雨下。

☆ 越待越懒，越吃越馋。

☆ 越穷越吃亏，越冷越尿尿。

【简析】穷人由于穷而不能做一定的投资参与能够获利的事情，所以越穷越吃亏；富人则不受金钱的限制，增加财富的机会也就比穷人多得多。此谚语重点说前者，后者只是作为音韵上的陪衬。

★ **云彩往南，大雨涟涟。**

【简析】在北京地区，夏天云彩不断往南飘动就会大雨连连下个不停。

★ **允诺要慢，履约要快。（回）**

【简析】凡事不要轻易允诺，允诺下来的事情就要尽快兑现。

★ **运①去金成铁，时②来铁似金。**

【注释】①运：运气。②时：时运。

【简析】当运气不好时，再能干也没有用；当运气好时，干什么都顺利。

# Z

☆ 栽花要栽月月红，种树要种不老松。

☆ 宰相的门房儿[①]七品官。

【注释】①门房儿：看门人，负责通报的人员。

【简析】旧时，无论哪一级官员，只要去比自己高一级的官员家拜访，就必须给负责通报的门房儿递门包儿钱，否则门房儿谁都敢挡驾，拜访者连大门都进不去。

☆ 再好的刀剑药[①]，也不如不刺[②]口子。

【注释】①刀剑药（dāojianyào）：治刀枪外伤的药。②刺（lá）：刺破，划破。

【简析】比喻再好的补救办法也不如事故不发生。

☆ 在家不救护[①]，出外没好天。

【注释】①救护：旧时，民间认为日食、月食是天狗吃太阳、月亮，在日食、月食时敲击铜铁器物发出声响能够把天狗吓跑，以救出太阳或月亮。这种在日食、月食时敲击铜铁器物的行为被叫作“救护”。

★ 在家净骂人，出门儿大雨淋。

【简析】此谚语常用于对刚刚被雨淋得精湿的人的玩笑话。

★ 在家靠父母，出外靠朋友。

【简析】去远处谋生身边没有亲人，有事只能靠朋友帮忙。

★ 在家千日好，出外一时难。

【简析】在家很多事情不算回事，困难较少；只身在外由于没有根基，遇到的困难就会很多，就会觉得处处困难。

★ 在家三辈儿老，出外三辈儿小。

【简析】一个人在他乡跟当地人论辈分的时候，要把自己的辈分往低处靠，如在家乡根据某人的年龄可以叫大哥，但在外乡就应该叫他大叔，因为一个外乡人处处需要本地人关照或帮忙。

★ 在京的和尚，在外的官。

【简析】京城庙里的和尚有机会接触王公、太监，常有特别的势力；外地的官员常常一人说了算，即使违纪违法、中饱私囊，中央政府也鞭长莫及。

★ 在哪儿栽跟头[1]，在哪儿爬起来。

【注释】①栽跟头：跌倒。比喻犯错误或做丢脸的事。

【简析】比喻要有勇气正视错误，就地改正错误。

☆ 早晨日头红，不是下雨就是刮风。

☆ 早饭吃好，午饭吃饱，晚饭吃少。

【简析】这是电视节目《养生堂》栏目中营养学家反复强调的一句话，是根据人一天的营养需要总结出来的。按三顿饭量的比例来说，早饭应该占30%，午饭应该占50%，晚饭应该占20%。

☆ 早看东南，晚看西北。

【简析】在北京地区，早晨东南方向有一股黑云，傍晚西北方向上有一股黑云，都是将要下雨的征兆。

☆ 早立秋，冷飕飕；晚立秋，热死牛。

【简析】此谚语里的“早”“晚”是就一天的时间说的。有气象专家指出，近几十年的气象资料表明，此说并无根据。

☆ 早起三光，晚起三慌。

【简析】“三光”，指的是脸洗得干净，头梳得整齐，屋子庭院打扫收拾得干净整齐。“三慌”，指的是慌慌张张梳洗，慌慌张张打扫收拾，慌慌张张做饭。此谚语告诉人们，应该养成早起的习惯，从从容容做好早晨的事情，有利于开始一天的新工作。

★ 早睡晚起，又省灯油又省米。

【简析】睡觉就要灭灯，早睡可以减少点灯耗油的时间；早上起得晚，起来就吃饭容易吃饭不香，或者干脆不想吃。所以说早睡省灯油，晚起省米。此谚语意在讥讽喜欢睡懒觉的人，有时也用于自嘲。

★ 早雾晴，晚雾阴。

【简析】早上天空有雾，说明当天是晴天；晚上天空有雾，说明明天是阴天。

★ 早霞不出门，晚霞行千里。

【简析】早霞说明当日不是好天儿，不适合出行；晚霞说明次日一定是个大晴天，适合出行。

★ 早霞有雨，晚霞晴。

【简析】早霞说明当日有可能下雨，晚霞说明明天是个大晴天。

★ 枣儿红圈儿，老花子①抱肩儿②。

【注释】①老花子：乞丐。②抱肩儿：两臂向里交叉，两手分别捂着另一只胳膊的上部。

【简析】在北京地区，枣儿红圈儿在农历七月十五日前后，此时已经立秋，天气慢慢转凉，所以说乞丐该感到冷而抱肩儿了（因为乞丐没有条件随季节添置衣服）。

☆ 枣芽儿发，种棉花。

☆ 枣芽儿发，芝麻种瓜。

☆ 乍富不知新受用，乍贫难改旧家风。

【简析】有的人突然有钱了，常常不知道钱该怎么花，甚至被钱烧得受不了而胡花乱花；有的人突然穷下来了，又难改旧日阔家子弟的作风，依然大手大脚花钱而没有计划性且不知道节俭。

☆ 张王李赵遍地刘。

【简析】形容在全国姓这几个姓的人非常多。实际上，现在在全国张、王、李、刘是大姓，姓赵的比例并不是很大。

☆ 长多大脸，现多大眼。

【简析】比喻得到的权位越高荣誉越大，一旦跌倒便荣誉扫地且更加丢人。

☆ 这山望着那山高。

【简析】人总是觉得别人的职业或工作岗位比自己的好，总是不满意自己所从事的职业或所在的岗位而想调换一个更好的职业或岗位。实际上，所向往的职业或岗位也不一定比原来的好。此谚语意在说“这山望着那山高”是不对的。

★ 针尖儿大的窟窿，斗[①]大的风。

【注释】①斗（dǒu）：量粮食的器具。

【简析】旧时，窗户是用纸糊的，冬天窗户纸不能有窟窿，即使窟窿很小也会流进很多的冷风。

★ 真的假不了，假的真不了。

★ 真金不怕火炼，好货不怕实验。

【简析】比喻能力强有本事的人或意志坚强的人禁得住长时间的考验。

★ 真人[①]不露相，露相[②]不真人。

【注释】①真人：道家指修行得道的人。借指有本事、有能耐的人。②露相：露出本来面目。

【简析】此谚语是说有本事的人不随便表现自己，好表现自己的人大多没有真本事。

★ 正月不娶，二月不嫁。

【简析】旧俗，结婚多赶在年前，腊月（农历十二月）便是结婚旺月，因为正二月不适宜娶嫁。

★ 正月不剃头，剃头死舅舅。

【简析】正月不剃头的习俗不知源于何时，有人说源于清朝入关强迫汉人剃发留辫子以后。为什么正月不能剃头？有多种说法，至于哪个说法正确，待考。在北京地区，正月不剃头的习俗一直持续到 1949 年。如果腊月三十晚上还没来得及剃头就叫“钻坛（zuāntán）”了，便要等到农历二月二日时才能剃头了。当今，情况略有改变，不过在整个正月里理发店的生意依然比其他月份冷清很多。

## ★ 正月里不空房。

【简析】旧俗认为，丈夫不应在正月就把妻子留在家里出外谋事，那样是不吉利的。

## ★ 正月食①生葱，面②上起春风。

【注释】①食：吃。②面：脸。

【简析】此谚语是说在正月吃生葱有利于身体健康。

## ★ 正①人先正己。

【注释】①正：使……端正。

【简析】要想使别人行为端正，就要首先使自己行为端正。这样才有说服力，对别人才有示范作用。

## ★ 之乎者也矣焉哉，都会用了中秀才。

【简析】“之乎者也矣焉哉”，是古汉语中的七个常用虚词，也是文言写作中的常用词。旧时，会用这几个虚词是读书人的基本功。

☆ 知恩不报是小人。

☆ 知江知海不知深，知人知面不知心。

【简析】一个人心里到底是怎么想的，心地是否善良，别人是很难知晓的，即所谓“人心难测”。

☆ 知了[1]叫，河水响，你看庄稼长不长。

【注释】①知了：蚱蝉的通称。北京地区叫季鸟儿。

【简析】知了急鸣，河水暴涨，都是在炎热的夏季出现的现象。此谚语重点是说在炎热的夏天庄稼长得很快。

☆ 知子莫如父。

【简析】这是一句老话。此谚语是说父亲对儿子的优缺点、长短处比任何人都清楚。

☆ 知足者常乐，能忍者自安。

【简析】知道满足的人总是快乐的（劝人要知足），能够忍让忍耐的人就少遇事端。旧时，底层民众特别推崇“忍”字，叫作“忍字儿为高”，因为每天都要为生活奔波而折腾不起。

☆ 蜘蛛上网来回跑，风雨不久就来到。

☆ 只要功夫深，铁杵[1]磨成针。

【注释】①铁杵：一头儿粗一头儿细的铁棒，用来舂米或捣物。

【简析】比喻只要坚持、肯下功夫，再难的事情也能办成。

★ 只有不快的斧子，没有劈不开的柴。

★ 只有享不了的福，没有受不了的苦。

【简析】在人的一生一世中，好事不可能都遇到，但艰难困苦可能一个又一个地接连遇到，所以对任何艰难困苦都应该能够承受，都应该有战胜它的决心和勇气。

★ 纸里包不住火。

【简析】比喻事情是隐瞒不住的，早晚得泄露出去。

★ 治得了病，治不了命。

【简析】迷信者认为，疾病是可以治好的，但如果病人的寿数已至，即使再好的医生也是无能为力的。

★ 中医不治癣，西医不治喘。

【简析】同“内科不治喘，外科不治癣”。

★ 钟不敲不响，话不说不明。

★ 众人拾柴火焰高。

【简析】此谚语是说人多力量大，所以事情容易办得圆满。

★ 众人是圣人。

【简析】比喻人多出智慧，就会主意多、办法多。

★ 种不好庄稼是一季子，找不好媳妇儿是一辈子。

【简析】此谚语是说一个男人找一个好妻子的重要性。妻子如果善于持家理财，男人就会一辈子幸福无忧。

★ 种地不使粪[①]，等于瞎胡混。

【注释】①使粪：施肥。

【简析】种地不用肥料，收成一定不会好，所以等于瞎胡混。

★ 重雾三日必大雨。

★ 周半儿，摸坛子摸罐儿。

【简析】此谚语是说孩子长到一岁半以后就爱动动这个动动那个，该手脚闲不住地开始淘气了。

★ 猪往前拱，鸡往后刨。

【简析】比喻各人有各人的谋生办法和手段。

★ 庄稼佬儿[①]不存财，吃了饭屎就来。

【注释】①庄稼佬儿：指农民（有轻蔑意味）。

【简析】此谚语意在讥讽有钱就花且不知道积攒钱财者。

## ☆ 庄稼佬儿纳粮[1]，自在王。

【注释】①纳粮：缴纳公粮。

【简析】清代，农民很少服劳役，同时又由于实行募兵制使多数人也不用服兵役，而开会等杂事更是没有，只要收秋后按田亩完税就行，其他基本上就没有什么事儿了。所以有此谚语流传下来。

## ☆ 庄稼一枝花，全靠粪当家。

【简析】庄稼只要有充足的肥料供应就能长得好。

## ☆ 壮汉架不住三泡稀[1]。

【注释】①稀：稀屎。

【简析】也说“好汉架不住三泡屎”。拉稀非常夺力，即使身体非常强壮的人如果连续拉稀也会觉得吃不消的。

## ☆ 缀带儿是估衣[1]。

【注释】①估衣（gùyi）：旧衣服（出售时的称呼）。

【简析】比喻用过的东西即使依然很新也不能把它当新的对待。

☆ 捉贼捉赃，捉奸捉双。

【简析】这是一句古老的谚语，元杂剧、明清白话小说中屡见。

☆ 籽壮苗好，母壮儿好。

【简析】父母有个好体质，才能够将好的体质遗传给自己的孩子。

☆ 嘴上没毛①，办事不牢②。

【注释】①毛：此处指胡须。②牢：牢靠。

【简析】此谚语是说年轻人阅历浅、经验少，办事不稳重、不可靠。

☆ 左眼跳财，右眼跳祸。

【简析】迷信认为，左眼跳预示财运的到来，右眼跳预示灾祸的到来。实际上，眼皮跳属神经系统引起的，多为眼睛疲劳所致。

☆ 坐轿不知抬轿苦，饱汉不知饿汉饥。

☆ 做大的不正，做小儿的不敬。

【简析】此谚语是说长辈或长者如果不给晚辈或弟妹做表率，晚辈或弟妹就不会对长辈或长者敬重。

# 注释词语索引

（括号中的阿拉伯数字为本书的页码）

## C



## D

R



S

## Y